明室
Lucida

照亮阅读的人

阿尔戈

Maggie Nelson
THE ARGONAUTS

[美]玛吉·尼尔森 著

李同洲 译

北京联合出版公司
Beijing United Publishing Co.,Ltd.

献给哈里

2007年10月，圣安娜风撕碎了桉树的树皮，留下一道道白色条纹。我和一位朋友冒着生命危险在室外吃着午餐。用餐时，她建议我在指节处刺上"难把到"几个字，借以提醒此种姿态可能给我带来的后果。可就在你第一次从后面进入我时，我竟如念咒般从嘴里说出了"我爱你"三个字。当时，就在你那间潮湿、迷人的单身公寓里，我的脸撞击着水泥地面。你的床边有一本贝克特的小说《莫洛伊》，而许久未用的幽暗淋浴间里则放着一摞假阳具。你的单身窝现在收拾得干净些了吗？"你喜欢什么？"你这样问过我，然后便为了得到答案而黏在我身边。

在遇到你之前，我一直信奉维特根斯坦的观点：不可言说早已（不可言说地！）包含在了言说之中。相比他那句知名的"凡不可说的，应当保持沉默"，这句话没有那么广为流传，但我觉得它更深刻。其矛盾之处，说得明白些，就是我为何要写作[1]，或者说我如何感觉自己能够一直写下去。

那些言语无法捕捉的东西并不会让人对自己表达能力的缺失平添忧虑。原本就无法言说之物并不会伤及可以言说的部分。"看吧，我想说的是，言语没有那么好。"即使你捏着嗓子说出这句话也不会显得夸张做作。言语已经够好了。

我的百科全书里有这样一句话：指责一张网有洞是毫无意义的。

如此，你便能将你空无一人又满是尘土的教堂打扫得干干净净，还能让橡架屋顶上

---

[1] 原书表示引用或强调的斜体字部分在本书中使用楷体字表示，下同。——本书注释皆为译者注

的彩绘玻璃熠熠生辉。因为你说的任何话都没办法搞乱上帝的地盘。

我已经在别处解释过了。不过，我现在想尝试聊聊别的。

不久前，我了解到你曾经一直深信，言语没有那么好。不仅不够好，而且会侵蚀所有美好、真实和流动的事物。我们为此吵来吵去，虽然言辞激烈，却不带半点恶意。你说，一旦给某种事物命名，我们就再也无法以相同的眼光看待它了。所有无法命名的事物都会消散、迷失、被扼杀殆尽。在你看来，我们的思想将一切都变得千篇一律。你说，你之所以知道这一点，并非源于对语言的回避，而恰恰是因为沉浸其中，在屏幕上、在谈话中、在舞台上、在纸页间。我争辩时援引了托马斯·杰斐逊和宗教典籍，强调了其中语言的丰富、千变万化和游刃有余。我坚称言语不仅仅能用来命名。我对你大声朗读维特根斯坦《哲学研究》的开头。我大喊："石板，石板！"

有一次,我以为自己赢了。你被迫承认,也许确实有那么一种不错的人,或者说一种不错的人形动物,虽然这种人形动物使用过语言,虽然对语言的运用一定程度上体现了人性——哪怕这种人性意味着毁灭,毁灭这颗斑斓的珍贵星球,葬送它以及我们的未来。

但是,我的想法也变了。我开始重新看待那些无法命名的事物,至少是那些本质易变的东西。我再次承认我们终将灭绝的悲哀,承认我们致使其他物种灭绝的不公。我不再自以为是地重复维特根斯坦的那句"所有可被思考的东西都可以被清楚地思考",而且会不由得疑惑,一切当真都是可被思考的吗?

而你呢,无论如何争辩,都从未故意捏着嗓子尖声说话。事实上,你比我至少领先了一圈,你思路清晰,口齿流利。我怎么可能赶上你。(我这句话的意思是:你怎么会喜欢我?)

就在示爱后的一两天，我抑制不住心中的脆弱，将《罗兰·巴特自述》里的一篇文章发送给你。巴特在文中论述说，一个主体说出"我爱你"这句话就像是"阿尔戈英雄[1]在航行中翻新了船只，却一直使用同一个船名"。正如"阿尔戈号"的部件会逐渐被替换，但这艘船一直都叫"阿尔戈号"。每当恋人说出"我爱你"时，其意义一定也会在每次被说出时更新，因为"爱情和语言有同一个任务，即赐予同一段语句各种变化，而这些变化将终古常新"。

我让你读它，是因为我觉得这篇文章很浪漫。在你看来，我的举动可能是在收回先前说出的话。回头想想，我觉得两者兼有。

我告诉过你："你已经刺破了我的孤独。"这种孤独太有用了，因为它源自我近来的清醒，我长时间地步行穿过长满九重葛的肮脏

---

[1] 指希腊神话中乘坐阿尔戈号跟随伊阿宋获取金羊毛的五十位英雄。

好莱坞暗街,往返于基督教青年会,驾车沿着穆赫兰道来回行驶打发漫漫长夜。当然,还少不了一次次发疯似的写作,学着自言自语。但是,刺破这孤独的时刻早已来到。躺在你地下室的床上,我低语道:"我感觉可以给你一切,而无须出卖自己。"如果人能正确对待自己的孤独,这便是奖励。

几个月后,我们在旧金山市中心的一家酒店一起过圣诞节。我在网上订了房间,心中希望我订的房间和我们在房间里共度的时光能让你永远爱我。结果,那酒店预订价格之所以便宜是因为内部正在进行粗暴的装修,而且它正好位于罪案高发的油水区。没关系,我们可以专心于别的事。就在我们专注于它时,遮挡阳光的破旧软百叶窗勉强遮住了建筑工人在外面敲敲打打的身影。"别把我弄死就行。"我说道。你微笑着解下了你的皮带。

给你看了巴特的文章后,我又试了一次,这次是迈克尔·翁达杰的一首诗歌的片段:

> 吻着肚子
> 吻着你伤痕累累的
> 皮肤之舟。你游历过
> 并带走的,便是历史
>
> 我们每个人的肚子
> 都被陌生人吻过
> 被彼此吻过
>
> 至于我
> 我祝福每一个
> 吻过你的人

我给你看这首诗并不是因为我已经获得了其中的从容和宁静。我的心声是,也许会有一天,有一天我的嫉妒心可能会消退,当我看到别人的名字和图像被印在你的皮肤上时，不会感到隔膜或厌恶。(不久前，我们去了洛杉矶威尔希尔大道上一家专门去除刺青的诊所，一想到能除掉你皮肤上的一连串名字我们就激动得发狂。但昂贵的价格使我们沮丧而归，完全消除那些墨迹变得遥不可及。)

午饭后，那位建议我在指节刺上"难把到"的朋友邀请我去她的办公室坐坐，她要替我用谷歌搜索你。她要看看互联网上是否能找到你首选的代词，因为尽管或由于我们一起在床上度过了每一刻空闲，并且已经在讨论要住到一起，我却实在没法问出这个问题。相反，我很快学会了避免使用代词。其中的关键是训练你的耳朵不介意反复听到一个人的名字。你必须学会在语法死胡同里隐蔽起来，放松并陷入一种特殊性的狂欢。正是在试图表示一种伙伴关系的场合——哪怕是婚姻——你必须学会容忍超出"二"（the Two）的情况。婚姻是一对情侣的对立面。问题/回答、男性/女性、人类/动物等二元对立不再存在。

这可能就是谈话之所是,即一种"生成"[1]的轮廓。[2]

尽管一个人在这样的谈话中可能会成为专家,但直到今天,对我来说,几乎不可能在不闪现羞愧或迷惘的情况下为我们二人预订机票,或与人力资源部门进行交涉。并非我感到羞愧或迷惘——更像是我为那个不断做出错误推断并需要纠正的人感到羞愧(或仅仅是被他气疯了),可纠正是做不到的,因为言语没有那么好。

言语怎么会没有那么好呢?

爱到发昏的我躺在朋友办公室的地板上,眯着眼睛看着她,而她正在滚动浏览着大量我不想看到的鲜亮信息。我想要一个别人看不到的你,一个离我近到无须使用第三人称

---

[1] 法国当代哲学家德勒兹(Gilles Deleuze, 1925—1995)认为,生命就是生成(becoming),即差异生成的过程。德勒兹的理论将生成置于存在(being)之上,试图消解柏拉图式的二元对立观念。
[2] 此部分引自德勒兹和帕尔奈。

的你。"瞧,这是约翰·沃特斯[1]的一句话,他说'她非常英俊'。所以也许你应该用'她'。我的意思是,约翰·沃特斯就是这么用的。""那都是多少年前的事了,"我不由得翻起白眼,"情况可能早就变了。"

在制作你的T[2]伙伴电影[3]《千方百计》(*By Hook or By Crook*)时,你和你的编剧搭档塞勒斯·霍华德决定,T角色之间以"他"相称,但在充斥着食品店和权势人物的外部世界中,人们则用"她"来称呼他们。重点不在于,如果外部世界经过

---

[1] 约翰·沃特斯(John Waters,1946—),美国导演、编剧、作家。

[2] 原文为butch,外表或行为有阳刚气质的女同性恋。在西方的女同性恋文化中,分别用butch和femme来描述男性化、女性化身份及其相关特征、行为、风格、自我认知等。中文世界习惯称之为T(tomboy)和P(prettygirl)。T/P不是女同性恋角色分类的唯一形式,因为有许多女性介于两者之间。

[3] 一种影片类型,主角通常为两名性格迥异的同性,能形成与异性角色之间截然不同的人物互动。

适当教育，接纳了角色的首选代词，一切就会变得完全正常。因为如果外人称这些人物为"他"，那将是一个不同的"他"。言语的变化取决于说话的人，没有任何纠正方法。答案不仅限于引入新的词汇（boi[1]、顺性别[2]、双性基佬[3]），然后着手重新赋予其含义（尽管这里显然还存在权力和实用性的因素）。人们还必须对众多可能的用途、可能的语境、其意义发生偏离的程度保持警惕。比如当你轻声说："你只是一个洞，让我把你填满。"比如当我说："丈夫。"

我们在一起后不久，共同参加了一场晚宴。当时，一个与哈里相识了一段时间的女人（估计是异性恋，至少婚姻关系中另一方是男性）转向我说："那么，在哈里之前，你

---

[1] 流行于 LGBT 人群的用语，用于区分传统异性恋语境下的 boy（男孩）。
[2] 原文为 cisgender，指认同出生时所派定给你的性别。
[3] 原文为 andro-fag，指兼具雌雄两性特征的男同性恋者。

有没有和其他女人在一起过?"我吃了一惊。她毫不气馁,接着说道:"哈里很招直女喜欢。"哈里是女人吗?我是一个直女吗?我过去与"其他女人"的关系与这一次又有什么共同之处呢?为什么我不得不去想对我的哈里有兴趣的那些直女?他那在我看来磅礴的性力量会成为一种让我沦陷的魔咒吗?只有当他继续诱惑别人时,被抛弃的我才能从这魔咒中解脱吗?为什么这个我几乎不认识的女人会这样对我说话?哈里什么时候才会从盥洗室回来?

有一些人对朱娜·巴恩斯[1]的故事感到恼火,她宁可说自己"只是爱过塞尔玛[2]",也不承认自己是女同性恋者。据传

---

1 朱娜·巴恩斯(Djuna Barnes,1892—1982),美国小说家、艺术家,以其小说《夜林》(*Nightwood*)闻名,该作品也被认为是现代文学的重要作品。
2 指 Thelma Wood,美国艺术家,朱娜·巴恩斯在《夜林》中虚构了她和塞尔玛的恋情。

闻,格特鲁德·斯泰因对爱丽丝[1]也有过类似的说法,尽管用到的具体字眼不尽相同。我能明白这为什么在政治上令人恼怒,但我也一直觉得这有些浪漫——一种让个人的欲望体验凌驾于类别化经验之上的浪漫。这个故事让我想起英国艺术史学家T. J. 克拉克为自己钟爱18世纪法国画家尼古拉·普桑进行的辩解:"把对普桑的偏爱称为怀旧或精英主义,就像把一个人对自己最在意的人的关爱称为'异性恋(或同性恋)主义''排他'或'专有'。是的,这种指责可能确实没错:虽然说得比较笼统,但依然令人惋惜。不过,相比那种没有被此类情感或冲动玷污的喜爱,喜爱自身仍然可以更加完整、更加人性化,可以包含更多的人类可能性和同情心。"此处,如同别处一样,玷污使人深刻,而不是让人失去资格。

---

[1] 指 Alice Babette Toklas,是斯泰因的伴侣。

此外，人人都清楚，除了塞尔玛和爱丽丝之外，巴恩斯和斯泰因还和其他女人有过关系。爱丽丝自己也清楚：在发现斯泰因的早期小说《证明完毕》隐晦地讲述了一个涉及斯泰因和某位梅·布克斯泰弗的三角恋故事时，她显然妒火中烧，以至于在重打斯泰因的《冥思诗节》时（她也是斯泰因的编辑和打字员），想出各种狡猾的方法删除了所有的梅（May）和与之拼写相同的词。这一举动让爱丽丝无意中成了那本书的合著者。

到了2月，我开着车在城里一间又一间地寻找公寓，试图找到一间足够大的，能容纳我们和你那我还未曾谋面的儿子。最终，我们在山上找到了一栋房子，深色木质地板锃亮发光，可以看到山景，而且租金不菲。拿到钥匙的那天，我们在一阵眩晕中睡了过去，就在那铺在木地板的薄毯上，而那个房间即将成为我们的第一个卧室。

所谓的山景可能是一堆参差的灌木丛，

山顶上还有一泡死水塘,但两年来,这是属于我们的山。

后来,就这样,我叠着你儿子刚洗好的衣服。他当时刚满三岁。这么小的袜子!这么小的内衣!我对这些惊叹不已。我每天早上用刚好能填满指甲边缘的一撮粉末给他泡温热的可可,和他玩"陨落战士",一玩就是几个小时。在游戏中,他倒下时还穿戴着全套装备,闪闪发亮的连身铠甲帽、剑、剑鞘,受伤的肢体用披巾包扎着。我是善良的蓝女巫,必须在他身上撒下使他复活的疗愈粉末。我有一个邪恶的双胞胎姐妹,她用有毒的蓝色粉末放倒了他,但现在来医治他的是我。他一动不动地躺在那里,闭着眼睛,脸上带着淡淡的微笑。而我则念着我的独白:"可这个士兵是从哪里来的?他怎么会离家这么远?他受了重伤吗?他醒来后会变得善良还是凶恶呢?他会知道我是好人,还是会把我误认成我那邪恶的姐妹?我要说什么才能让他复活呢?"

那年秋天,到处都是"赞成 8 号提案[1]"的黄色标牌。最引人注目的那块正好立在我每天上班都会经过的一座美丽秃山上,标牌上画着四个简笔人物,他们在一阵狂喜中向天空举起双手。我猜,那一定是异性恋本位(heteronormativity)的喜悦,因为其中一个人物夸张地穿着三角形的裙子。(那三角到底是什么,我的阴户吗?[2])"保护加利福尼亚儿童!"简笔人物欢呼道。

每次经过那块插在无辜秃山上的牌子时,我都会想到凯瑟琳·奥佩[3]1993 年的作品《自拍像/割口》。在那幅作品中,奥佩拍摄的是自己的后背。她在背上用利器刻画出一座房

---

1 指 2008 年美国加利福尼亚州的一项州宪法修正投票提案。该提案致力于将加利福尼亚州内婚姻关系的定义限制在异性之间,从而否定同性婚姻。当年 11 月 4 日,8 号提案以 52% 的得票率通过,并于次日正式生效。
2 引自美国诗人艾琳·迈尔斯(Eileen Myles)。
3 凯瑟琳·奥佩(Catherine Opie, 1961—),美国艺术家、摄影师。

子和两个手拉手的简笔女性(两条三角裙!),还有太阳、一片云和两只鸟。她拍这张照片时,背上的画作还在滴血。"刚与伴侣分手的奥佩当时正渴望建立一个家庭,而这幅画流露出这一愿望内在固有的痛苦冲突。"《美国艺术》杂志如此解释。

我真不明白。我对哈里说:"谁会想要一张两条三角裙版的 8 号提案海报呢?"

"也许奥佩想要吧。"哈里耸了耸肩。

我以前写过一本书,关于某些男同性恋诗人(阿什贝利[1]、斯凯勒[2])和女性诗人(迈耶[3]、诺特利[4])作品中的家庭生活。写这本书时

---

1 约翰·阿什贝利(John Ashbery, 1927—2017),美国当代诗人、艺术评论家,被评论界视作"过去五十年最具影响力的美国诗人"。
2 詹姆斯·斯凯勒(James Schuyler, 1923—1991),美国诗人,1981 年普利策诗歌奖得主。
3 伯纳黛特·迈耶(Bernadette Mayer, 1945—),美国先锋诗人。
4 爱丽丝·诺特利(Alice Notley, 1945—),美国诗人,被认为是母亲和家庭生活等诗歌主题的开拓者。

我住在纽约，租住在布鲁克林大街一间窄小闷热的阁楼公寓里，地铁F线从房子下方驶过。我有一个破败不堪的炉子，里面装满了石化的老鼠粪便；一台空荡荡的冰箱，只用来存放两瓶啤酒和酸奶花生蜂蜜营养棒；一张铺在胶合板上的日式床垫，胶合板放在高低不同的牛奶板条箱上勉强作为床。还有地板，我每天清晨、中午和晚上都能透过地板听见"关门请当心"的警告。在这间公寓里，我每天大约有七个小时躺在床上，其余大部分时间都睡在其他地方。我的写作和阅读基本上都是在公共场所完成的，就像我正在写的这本书一样。

我在纽约租房住了那么久，仍然非常开心，因为租房（至少我租住时从不费任何力气来改善我的环境）真的可以让你任由周围的东西散架。然后，等你实在住不下去了，搬走就好。

许多女性主义者认为，作为一个独立的、固有的女性领域的家庭已经衰落，而作为一种伦理、一种情感、一种审美和一种公共领域的家庭生活则得到了平反。[1] 我不确定这种平反到底意味着什么，尽管我认为在我的书中，我也在谋求相同的东西。即便如此，我怀疑自己这样做是因为没有家庭，而且我喜欢这样。

我喜欢"陨落战士"，因为这游戏让我有时间熟悉你儿子安静时的脸：一双大大的杏眼，雀斑开始从皮肤上冒出来。很明显，他躺在那里时找到了一些新奇、轻松的乐趣，被想象中的盔甲保护着，而一个很快成为家人的、近乎陌生的人依次托起他的四肢，翻动检查，试图找到伤口。

不久前，一个朋友来到我们家，找出一个杯子喝咖啡。那杯子是我母亲的礼物，就是那种你可以从喀嚓鱼网站（Snapfish）上买到的杯子，上面印有你选好的照片。我收到

---

[1] 引自美国学者苏珊·弗莱曼（Susan Friedman）。

它时很是惊恐，但这是我们最大的杯子，所以我们把它放在身边，说不定有人会心血来潮想喝一整槽热牛奶什么的。

"哇，"我朋友说着把它装满，"我一生中从未见过比这更能体现异性恋本位的东西。"

杯子上是我和家人的照片，我们都穿戴整齐，准备在圣诞节去看芭蕾舞剧《胡桃夹子》。在我还是个小女孩的时候，这对我母亲来说是一项很重要的仪式，而现在我们和她一起恢复了这项仪式，因为我的生活里有了孩子。照片中，我身怀伊基已有七个月，头上扎着高高的马尾辫，穿着豹纹裙；哈里和他的儿子穿着相配的深色西装，看起来很时髦。我们站在我母亲家的壁炉前，上面挂着饰有每个人姓名首字母的长袜。我们看上去很开心。

但它哪里体现了异性恋本位呢？因为我母亲在喀嚓鱼这种中产阶级热衷的网站上定制了一个杯子？因为我们显然是参与或默许参与了一种长期的传统，即家庭在节日时要把最好的节庆时刻通过照相记录下来？因为我母亲给我定做了这个杯子，部分是为了表明她接受并承认我们这类人是她的家人？那我怀孕这件事呢？难道不就是异性恋本位的天然体现吗？或者说，酷儿性和生殖（或者说得更细一点，怀孕）的假定对立是对酷儿所处境况的改变的保守接受，而不是某种本体论真理的标志？随着越来越多的酷儿有了孩子，这种假定对立会简单地消失吗？你会怀念它吗？

怀孕本身是否就是一种反常性的体现，因为它深刻地改变了一个人的"正常"状态，并造成了各种人与自己的身体极端亲密/极端疏远的情形？一种如此深刻的陌生、狂野和充满变化的经历，怎么可能象征或实现对异性恋本位的彻底遵从呢？或者说，这只是又一次将任何与雌性动物联系太过紧密的词语从特权术语（这里是"不遵从"或"激进性"）中剥离出来？还有哈里既非男性也非女性的这一事实呢？"我是一个特例，一个'二合一'。"他在《千方百计》中饰演的角色瓦伦丁如此解释道。

新的亲属关系何时或如何模拟旧的核心家庭体系,何时或如何通过对亲属关系的再思考从根本上将核心家庭体系置于新的语境中?[1] 你如何判断,或者说,由谁来判断?"告诉你的女朋友去找个别的孩子来过家家。"我们刚同居时,你的前任估计会这么说。

暗示他人在玩耍或模仿的同时,使自己与真实保持一致会感觉很好。但是任何对真实性的固执索求,特别是当其与身份联系在一起时,也是一种精神失常的表现。如果一个认为自己是国王的人是疯狂的,那么认为自己是国王的国王也一样。[2]

也许这就是为什么英国心理学家 D. W. 温尼科特的"感受真实"概念对我来说是如此动人。一个人可以渴望感受真实,可以帮助别人感受真实,可以自己感受真实——温

---

[1] 引自美国作家、思想家朱迪斯·巴特勒(Judith Butler)。
[2] 引自法国作家、思想家雅克·拉康(Jacques Lacan)。

尼科特将这种感受描述为人活着的基本感觉。"身体组织的活跃和身体功能的运作,包括心脏的跳动和呼吸",使得人们自发做出各种姿势成为可能。对温尼科特来说,感受真实不是对外部刺激的反应,也不是一种身份。它是一种感觉,一种会传播的感觉。此外,它使人想活下去。

有些人在将自己与某一身份联系起来的过程中找到了乐趣,就像艾瑞莎·富兰克林在她的名曲《你让我觉得自己是个真正的女人》里唱的那样。后来,朱迪斯·巴特勒分析了歌词中这一明喻导致的精神不稳定状态,让这首歌再度名噪一时。但这样做也会让人感到恐惧,更不用说要想做到根本不可能。人不可能一天二十四小时都沉浸在对自己性别的直接意识中。庆幸的是,性别化的自我意识本就是易变的。[1]

---

[1] 引自英国诗人、哲学家丹妮丝·赖利(Denise Riley)。

一个朋友说,他把性别看成一种颜色。性别确实与颜色一样,存在某种本体论上的不确定性:说一个物体是一种颜色或说这个物体有一种颜色都不太正确。语境也会带来改变:例如,"所有的猫都是灰色的"[1]。准确来说,颜色也不取决于人的意愿。但这些表述都不意味着相关对象是无色的。

对[《性别麻烦》]这本书的糟糕解读是这样的:我可以早上起床,看看衣柜,然后决定我今天想成为哪种性别。我可以拿出一件衣服,改变自己的性别,就像梳妆打扮一样。然后那天晚上我可以再次改变性别,成为一个完全不同的人,所以你得到的是一种类似商品化的性别,而且把呈现性别理解为

---

[1] 原文为 all the cats are gray,英文中有 all the cats are gray in the dark(猫在夜晚都是灰色的)这一说法,意为将人们彼此区分的特性在某些情况下会变得模糊,如果觉察不到也没关系。同时,all the cats are gray 也是美国作家安德烈·诺顿(Andre Norton)的一部小说的名字。

一种消费主义……而我的真正观点是，恰恰是主体的形成和人的形成，以某种方式预设了性别——性别是不可选择的，"性别操演"（performativity）不是极端选择，也不是唯意志论……性别操演必须与重复有关，很多时候是在重复压迫性和痛苦的性别规范，迫使其不断重新意指。这不是自由，而是一个如何处理自己将不可避免地掉入其中的陷阱的问题。[1]

"你应该定做一个杯子作为回应，"我朋友喝咖啡时若有所思地说，"比如，在杯子上印上伊基出生时顶着一头血污的照片？"〔那天早些时候，我对她提到我母亲不愿意看我出生时的照片，这让我的心隐隐作痛。哈里随后提醒我，很少有人愿意看别人出生时的照片，尤其是那些充满了细节的照片。我必须承认，我过去对别人的出生照片的感受证

---

[1] 引自朱迪斯·巴特勒。

明了这句话的真实性。但在产后的迷糊状态中,我觉得生下伊基是个了不起的成就,我母亲难道不会因此感到骄傲吗?老天爷啊,她竟然把《纽约时报》上报道我获得古根海姆奖的那一页做成了餐桌纸垫。我不能把这纸垫扔掉(太不知好歹了),但又不知道该怎么处理,后来就把它放在伊基的幼儿餐椅下面,用来接住流下来的食物。考虑到古根海姆奖金基本都花在了孕育伊基上,每次我用抹布擦去纸垫上的脆麦片条或西兰花的小块碎屑时,都会感到世上到底还有一丝公正存在。]

我们作为夫妇第一次外出时,我不知脸红了多少次,因自己的好运气感到晕眩,无法消化这个近乎爆炸性的事实,即我显然已经得到了我想要的、可以得到的一切。"你英俊、才华横溢、思维敏捷、能说会道且极富说服力。"我们在红色沙发上待了好几个小时,傻笑着,"如果继续这样下去,幸福警察就要来逮捕我们了，因为我们的运气太好"。

如果我之所在就是我之所需呢？[1] 在你之前，我一直认为这句口头禅是一种与不快乃至灾难性的情况和解的手段。我从未想到它也适用于快乐。

在《癌症日记》中，奥德丽·洛德[2]抨击了她在有关乳腺癌的医学论述中发现的对乐观和幸福的强调："我同辐射扩散、种族主义、屠杀妇女、食物中的化学添加剂、环境污染、对年轻人的虐待和精神摧残做斗争，真的仅仅是为了躲避我的首要责任——做一个快乐的人吗？"洛德写道："让我们寻求'快乐'，而不是寻求真正的食物、清洁的空气，以及在宜居地球上更健全的未来！仿佛只要快乐就能保护我们不受利欲熏心的危害。"

快乐起不到保护作用，它当然也不是一

---

[1] 引自舞蹈理论家黛博拉·海伊（Deborah Hay）。
[2] 奥德丽·洛德（Audre Lorde，1934—1992），美国作家、女性主义者。

种责任。如果你没有不快乐的自由,那么快乐的自由便限制了人类的自由。[1] 但你可以把其中任何一种自由变成一种习惯,只有你知道自己选择了哪一种。

就我所知,玛丽·奥本和乔治·奥本的故事在异性恋中极为罕见,他们的婚姻格外浪漫,因为其本质是一场骗局。故事是这样的:1926 年的一个夜晚,玛丽与乔治出门约会。她对乔治的那点了解全部来自大学的诗歌课。玛丽这样回忆道:"他开着他室友的福特 T 型车来接我,然后开车去了乡下,我们坐着聊天、做爱,之后一直聊到第二天早上……我们从未有过这样的交谈,把心里话全都倾吐了出来。"他们回到宿舍后,玛丽发现自己被开除,而乔治被停学了。他们便在公路旁搭便车一起离开。

遇到乔治之前,玛丽本来坚决反对婚姻,

---

[1] 引自性别研究学者萨拉·艾哈迈德(Sara Ahmed)。

认为那是一个"灾难性的陷阱"。但她也知道，在没有结婚的情况下一起旅行，《曼恩法案》[1]会让她和乔治面临牢狱之灾。与美国历史上众多类似的法律一样，《曼恩法案》表面上是为了控告性奴役之类的坏勾当，但实际上一直被用来对付那些在政府看来"有伤风化"的人。

于是，玛丽在1927年结婚了。她如此讲述结婚那天的经历：

> 虽然我坚信我和乔治的关系根本算不上什么国家事务，但坐牢的威胁让我们一路提心吊胆，所以我们就在达拉斯结了婚。我们遇到的一个女孩把她的紫色天鹅绒裙子给了我，她的男朋友给了我们一品脱杜松子酒。乔治穿上了他大学室友的宽松灯笼裤，但我们没喝杜松子酒。我们买了一枚十美分的戒指，然后去了法院。那是一座丑陋的红色砂岩

---

[1] *Mann Act*，1910年6月美国国会通过的一项法案，禁止州与州之间贩运妇女。

建筑，如今仍然矗立在达拉斯。我们报出了我的名字，玛丽·科尔比，以及乔治使用的假名，戴维·威尔第，因为他正在逃躲他父亲。

就这样，玛丽·科尔比嫁给了戴维·威尔第，但准确来说，她从未嫁给乔治·奥本。他们甩掉了找麻烦的政府，顺便甩掉了乔治的富裕家庭（这些人此时已经雇了一个私人侦探来寻找他们）。在接下来的五十七年里，他们一直躲藏着。整整五十七年，他们用热忱抵挡着法律的惩戒。

我早就知道疯子和国王，我早就知道感觉真实。无论我遭遇了怎样的蔑视或压抑，我一直有幸能感受到真实。而且我早就知道，酷儿骄傲，源于拒绝因目睹他人以你为耻而感到羞耻。[1]

---

[1] 引自萨拉·艾哈迈德。

那么，为什么你前任关于玩过家家的挖苦会如此刺耳呢？

有时，一个人不得不反复了解一些事情。有时，一个人忘记后又再想起。然后，继续忘记，继续想起。最后，复归遗忘。

知识也一样，存在也是如此。

温尼科特说，如果婴儿能对母亲说话，他可能会这样讲：

> 我找到了你。
>
> 当我认识到你不是我的时候，你在我对你做的事情中幸存下来。
>
> 我利用你。
>
> 我忘记了你。
>
> 但你记得我。
>
> 我一直记不住你。
>
> 我失去了你。
>
> 我很伤心。

温尼科特"足够好"的母爱概念现在正

重新兴起。从各种妈咪博客到艾莉森·贝克德尔[1]的图像小说《你是我的母亲吗？》，再到大量涌现的批评理论，简直随处可见。（这本书在平行宇宙中的一个书名可以叫：《为什么现在又提到温尼科特了？》。）

尽管他知名度颇高，但你仍然无法买到一套名为《温尼科特全集》的令人生畏的大部头。你只会读到他著作的零散片段——这些零散片段总是淹没于现实中母亲的喋喋不休，或者其他体现了中产阶级趣味的场合，这使得温尼科特难以被奉为心理学重量级人物。在他一本文集的封底，我注意到其中的文章来源如下：为大不列颠及北爱尔兰托儿所协会做的演讲、英国广播公司针对母亲听众的广播、英国广播公司《女人时刻》节目的问答、几次关于母乳喂养的会议、针对助产士的讲座，以及多封写给编辑的信。

在伊基出生的第一年，温尼科特是唯一

---

1 艾莉森·贝克德尔（Alison Bechdel, 1960— ），美国漫画家、作家。

让我感兴趣或带给我启示的儿童心理学家，部分原因就是这些淹没于噪声中的微不足道的零散片段。克莱因病态的婴儿虐待狂和坏乳房概念、弗洛伊德爆炸性的俄狄浦斯情结和"消失/回来"游戏，还有拉康粗暴的想象界和象征界——突然间，在论及婴儿和育婴的情形时，这些心理学家唯恐自己的理论不够唐突无礼。阉割和阳具是告诉了我们西方文化的深层真理，抑或只是告诉了我们事情是怎样的，而且可能并不总是这样？[1] 想到自己花了那么多年的时间才发现这样的问题不仅是可理解的，而且还很激动人心，我既惊讶又羞愧。

面对这种男性中心的严肃性，我发现自己渐渐进入一种倦怠的、抵抗解释的情绪中。作为阐释学的替代，我们需要一种艺术的情色学。[2] 但即使是一种情色学也感觉太沉重了。我不需要关于自己孩子的情色学或阐释

---

1 引自女性主义学者伊丽莎白·威德（Elizabeth Weed）。
2 引自美国作家苏珊·桑塔格（Susan Sontag）。

学。这两个概念都不下流,但也毫无快乐可言,够了。

伊基婴儿期的一个漫长的下午,我看着他四肢撑地爬行,停在了通往我们后院的门槛上,仿佛在思考着要以他那顽强的军人匍匐姿态去先抓哪片粗糙的橡树叶。他柔软的小舌头,中间总是留有白色的奶渍,带着温柔的期待从嘴里伸出来,就像一只乌龟从壳里冒出头。我想暂时停在这一刻,永远停下也无妨,为这片刻欢呼。之后,我必须立即行动,消除那不恰当的物体。如果动作太慢,就只能从他的嘴里取出了。

读者,你能活到今天,读到这本书,是因为有人曾妥善地监督你用嘴巴进行的探索。面对这一事实,温尼科特的立场相对不那么感情用事:我们不欠这些监督者(通常是女性,但并不总是)什么。但我们确实欠自己"一个需要在理智上承认的事实,即起初我们(在心理上)是绝对依赖他人的,这里的绝对就是字面意义。幸运的是,我们遇见了平凡的奉献"。

温尼科特所谓的平凡的奉献,也是字面意义。"这是一个老生常谈的问题了,我说的奉献就只是奉献的意思。"温尼科特是一位作家,对作家而言,平凡的文字就已经够好了。

我们刚搬到一起就面临着一个紧迫的任务:为你的儿子建立一个家庭,富足完整——足够好——而不是破败分裂。(这些诗意的说法来自关于性别酷儿[1]亲属关系的经典作品《妈妈的房子,爸爸的房子》。)但这并不完全正确——我们事先就知道这项任务,这实际上是我们如此迅速搬家的原因之一。摆在我面前的紧迫任务越来越显而易见:学习如何做一个继母。又说到了一个可能会造成焦虑的身

---

[1] 性别酷儿(genderqueer)是一种性别认同,或对性别的体验或表达方式。不同于主流的男女性别二元观念,性别酷儿可能觉得自己的性别处在男性和女性之间,既非男性也非女性,或者既是男性也是女性,或者完全拒绝任何"性别"。

份！我的继父的确有他的缺点，可我攻击过他的每一句话却开始让我心中难安，现在我明白了什么是以其人之道，还治其人之身。

当你身为继父母时，不管你有多好，不管你给予了多少爱，不管你多成熟、多睿智、多成功、多聪明、多有责任心，你的身份都会让你容易受到憎恶或怨恨，而且你无能为力。除了忍受，还要在面对任何可能随时扣下来的屎盆子时，努力播下理智和良善的种子。千万不要指望能获得任何文化层面的赞美：父母是神圣不可侵犯的，但继父母是入侵者、自说自话者、偷窃者、污染物和裹童犯。

每当我在讣告中看到"继子女"这个词，比如"X有三个孩子和两个继子女"，或者每当一个交情一般的成年朋友说"哦，抱歉，我来不了，我这个周末要去看我的继父"，或者在奥运会转播期间，镜头扫过观众，画外音说"那是X的继母，正为他加油"，我的心脏就会停跳一拍，只因为听到了这种情感纽带被公开、被肯定的声音。

当我试图找出自己最怨恨继父的地方时，结果从来都不是"他给了我太多的爱"。不，我怨恨的是他没有让人切实感觉到他很高兴与我和妹妹生活在一起（他可能并不高兴），是他没有经常对我说他爱我（同样，他可能并不爱我——如同我之前订购的一本继父母自助书籍所说的，爱是首选，但不是必需），是他没有成为我的父亲，是他在与我们的母亲结婚二十多年后离开，却没留下一句像样的告别。

"我认为你高估了成年人的成熟。"他在给我的最后一封信中这样写道。在沉默了一年之后，痛苦万分的我先写信给他，他才给我回了这封信。

尽管他的离开可能让我感到愤怒和受伤，但不可否认，他的观察是正确的。在最后时刻给出的这一小段真理，最终开启了我成年生活的新篇章。我由此意识到，年龄并不一定会带来什么东西，除了它自己。其余都是可有可无的。

"熊家族",我继子最喜欢的幼儿游戏之一,我们总是在早上起床的时候玩。在这个游戏中,他扮演"熊宝宝",一只有语言障碍的小熊,他会把单词开头的辅音都发成B的音(譬如将表哥埃文说成表哥贝文)。

有时,熊宝宝在家里和他的熊家人一起玩耍,对自己顽固的错误发音沾沾自喜。其他时候,他会独自外出冒险,抓捕金枪鱼。在某个早上,熊宝宝给我取名叫邦比(Bombi)——妈咪(Mommy)的新变体。我很佩服熊宝宝的创造性,这种创造性一直存在。

我们本来并没有打算结婚。但是在2008年11月3日早上,我们起床做热饮时听到了电台在选举前一天的民意调查,突然间8号提案似乎就要通过了。我们对自己的震惊感到惊讶,因为这种震惊体现出一种消极、天真的希望,相信道德宇宙的发展轨迹无论多么长,都会趋向正义。但实际上,正义没有坐标，并不是一切的归宿。我们在谷歌上搜索了"如何在洛杉矶结婚"，然后出发去诺沃克市政厅，因为搜索的结果保证那里可以进行结婚登记。途中，我们顺便把小宝宝送到了日托所。

去往诺沃克时——"我们他妈的到底在哪里？"——我们经过了几个教堂，入口遮蓬的标牌上写着"一个男人＋一个女人：上帝希望如此"。我们还经过了郊区的几十栋房子，门前草坪上钉着"赞成8号提案"的牌子，上面的简笔画小人在不知疲倦地欢呼着。

可怜的婚姻！我们去毁灭它（不可原谅），或是去巩固它（不可饶恕）。

诺沃克市政厅外面搭着一堆白色帐篷，蓝色的《新闻直击》转播车队在停车场上无所事事。我们开始胆战心惊，因为我们谁都没有心情在8号提案通过之前成为在敌对区结婚的酷儿代表。我们不想与一个穿着背带短裤、挥舞着"上帝憎恨基佬"标语的唾沫四溅的疯子一起出现在明天的报纸上。市政厅内，婚姻登记柜台前排起了长龙，大部分是各年龄段的男女同性恋者，还有不少年轻的异性恋夫妇，其中大部分是拉丁裔，他们似乎对今天的人群构成感到困惑。前面的一对老男人告诉我们，他们几个月前就结婚了，但当结婚证书寄达时，他们发现签名被司仪牧师弄错了。他们现在急切地希望重做证书，这样无论投票结果如何，他们都可以维持婚姻关系。

与谷歌搜索结果信誓旦旦的保证相反，教堂都被预订完了，所以排队的情侣在完成结婚文书工作后，不得不去其他地方举行某种正式仪式。我们绞尽脑汁想弄懂，通过世俗政府订立的婚姻协议为何还要求举行某种神圣的仪式。那些已经安排了司仪牧师准备在当天晚些时候举行仪式的人提出，可以将他们的个人仪式变成集体仪式，好让每个人都能在午夜前成婚。我们前面的人邀请我们参加他们在马利布的海滩婚礼。我们表示了感谢，但转而打电话给411查号台询问一座位于西好莱坞——那儿不就是酷儿聚集的地方吗？——的婚礼教堂的名字。"我在圣莫尼卡大道上找到一座好莱坞教堂。"话务员回答。

所谓的好莱坞教堂原来是街区尽头的一个墙洞，我在那个街区度过了一生中最孤独的三年。俗气的栗色天鹅绒窗帘将等候室和礼拜室隔开，两个房间都装饰着廉价的哥特式烛台、假花和桃红色仿饰涂料。门口的变装皇后身兼三职，既是迎宾员，又是保镖，还是证婚人。

诸位读者，在洛尔莱·斯塔巴克牧师的协助下，我们就是在那里结婚的。斯塔巴克牧师建议我们事先与她讨论结婚誓言，但我们说誓言并不重要。牧师坚持自己的建议，于是我们用了常规的誓言，但去掉了其中的代词。仪式很匆忙，但当我们说起誓言时，都难以自持。我们流泪，沉醉于自己的好运气，然后心怀感激地接受了两根心形棒棒糖（包装上还印有"好莱坞教堂"的字样），赶在日托所关门前去接小家伙。回到家，我们在门廊的睡袋里一起吃巧克力布丁,俯瞰着我们的山。

当天晚上,斯塔巴克牧师(她在表格上将自己的教派列为"玄学派")把我们的文书和其他数百人的文书一起,匆匆送到了随便哪个有权认定我们的言语行为合宜的机构。到那天结束时,52%的加州选民对8号提案投了赞成票,从而阻止了全州的"同性"婚姻,扭转了我们言语行为的合宜条件。好莱坞教堂迅速消失了,就如同它的凭空出现一样,也许等待着在哪天再次出现。

没完没了地听到"同性婚姻"的说法时,最恼人的一个地方便是我不知道有多少——如果有的话——酷儿认为他们欲望的主要特征是"同性"。诚然,很多20世纪70年代的女同性恋性爱书写是关于欲望的激发和政治上的转变,而它们都来自与相同性的邂逅。这种邂逅曾经、现在和将来都是重要的,因为它关乎看见那些被侮辱与被损害的,关乎将异化或内化的厌恶置换成欲望与关怀。献身于别人可以是为自我奉献的一种手段。但在我与女性的关系中,我注意到的任何相同性都不是作为女性的相同性,当然也不是身体器官的相同性。相反,它是对在父权制下生活意味着什么的一种共有的、令人难以承受的理解。

我的继子长大了,不再适合玩"陨落战士"或"熊家族"。当我写下这句话时,他正在用iPod听《酷冷麦迪娜》——眼睛闭着,巨大的身体躺在红色沙发上。他九岁了。

生活在这样一个历史瞬间确实有些奇怪:在保守派表达着对酷儿颠覆文明及其制度(最主要的便是婚姻)的焦虑和绝望的同时,许多酷儿对酷儿性颠覆文明及其制度的失败或无能为力感到焦虑和绝望。酷儿对同化主义者和主流 GLBTQ+[1] 运动轻率的新自由主义

---

[1] 即 LGBTQ+(性少数群体的总体简称),某些美国人为便于发音将 G 放到 L 前。

倾向感到沮丧，因为这两者费尽心思想要进入两种历史上的压迫制度：婚姻和军队。诗人CA康拉德曾宣称："我不是那种想在机关枪上贴彩虹贴纸的基佬。"如果说同性恋本位（homonormativity）揭示了什么，那就是一个令人不安的事实，即你可以成为受害者，但绝不能成为激进分子。和其他受压迫的少数群体一样，这也经常发生在同性恋者身上。[1]

这并不是对酷儿性的贬低，而是一个提醒：如果我们想要的不仅仅是挤进压迫性的制度中，就仍有使命在身。

在2012年美国奥克兰的骄傲活动中，一些反同化主义活动者展开了一条横幅，上面写着："资本主义正在扼杀我们的酷儿性。"一份分发的小册子上写着：

---

[1] 引自美国当代文学理论家利奥·贝尔萨尼（Leo Bersani）。

我们清楚，那些对异性恋社会具有破坏性的东西永远不可能被商业化和被阉割。因此，我们要坚持自己的立场——作为狂热的基佬、酷儿、女同性恋、跨性别女孩和男孩（bois）、性别酷儿，以及综合上述属性和介于两者之间的人，还有同时否定这一切的人。

我们找准时机，四处罢工，幻想着一个所有被剥削的人都能聚集在一起进行反击的世界。我们想找到你，同志，如果这也如你所愿。

为了彻底摧毁资本

会让你们好看的臭婊子

这些人的出现让我很开心：这个世界上有一些邪恶的家伙需要被教训一下了，而轻率地断言你想睡谁就睡谁、想怎么睡就怎么睡会毁灭人类文明的时代早已过去了。然而，我一直都没有回应这声"同志"的称呼，也不能认同这种反击的幻想。事实上，我已经渐渐将革命语言理解为一种拜物——在这种情况下，对上述呼吁的一种回答可能是：我们的诊断结果是相似的，但我们的倔强乖张难以共存。

也许需要重新思考的是"激进"这个词。但可以用什么来代替或补充我们对自身的定位呢？开放性？这个词够好、够强硬吗？只有你清楚自己何时会竭尽所能保护自己，保护自我不致崩塌；何时会开放自己，让事物分崩离析，让世界如其所是——与之合作，而不是与之抗争。只有你清楚。[1] 但事实上，你自己也并非总是清楚。

2012年10月，在伊基大约八个月大的时候，我被邀请到拜奥拉大学演讲，这是一所靠近洛杉矶的基督教福音派学校。他们艺术系的年度研讨会将专门讨论艺术和暴力的问题。几个星期以来，我一直在为这个邀请而

---

[1] 引自美国藏传佛教徒佩玛·丘卓（Pema Chodron）。

纠结。去那里的车程很短，而且只需要工作一下午，我就可以赚取伊基一个月的保姆费。但有一个令人愤慨的事实，那就是同性恋或有同性恋行为的学生一律会被学校开除。（就像美国军队的"不问，不说"[1]政策一样，拜奥拉大学并没有纠结于同性恋是一种身份、一种言语行动还是一种行为这样的问题：不管是哪一种，你都会被开除。）

为了了解更多情况，我在网上查阅了拜奥拉的教义声明，进而发现拜奥拉不允许除"圣经婚姻"之外的任何性行为。"圣经婚姻"的定义是"一个基因男性和一个基因女性之间忠实的异性结合"。（我对"基因"这个词印象深刻——真时髦！）我在其他网站上了

---

[1] 英文为"Don't ask, don't tell"，系美军1994年2月28日至2011年9月20日期间对待军队内同性恋者的政策。不问，是指虽然美国政府不支持同性恋者参军，但军队中的长官不得询问军队成员的性取向，也不得在没有掌握足够证据的情况下军队成员的性取向进行调查。不说，即只要同性恋者不公开自己的性取向，长官就不会试图揭露、驱逐同性恋者。

解到,现在或曾经有一个名为"拜奥拉酷儿地下组织"的学生团体。这个团体最早出现于几年前,主要通过网络和校园内的匿名张贴活动抗议学校的反同政策。团体的名字听上去似乎很有前途,但当我读到他们网页上的"常见问题"时,兴奋之情也随之消退。

> 问:拜奥拉地下组织对同性恋的立场是什么?
>
> 答:令人惊讶的是,有些人一直不清楚我们对身为LGBTQ的基督徒的看法。为了澄清这个问题,我们声明,我们支持同性恋行为,但需要一个适当的前提:婚姻……我们坚持拜奥拉已有的规定,即婚前性行为是有罪的,违背了上帝的意图,我们认为这一规定也适用于同性恋者和LGBTQ群体的其他成员。

这到底算哪门子"酷儿"?

伊芙·科索夫斯基·塞吉维克[1]想推广"酷儿"这个词，以便容纳所有与性取向没有关系的抵抗、分裂和错位。"酷儿是持续不断的时刻、运动和动机——反复出现，如同旋涡一般，令人不安。"她这样写道，"显然，它是关系性的，也是奇特的。"她想让这一术语成为一种永久的兴奋，一种占位符——一个主格词（就像"阿尔戈"指代的是熔化或更换的部件），一种既进行自我声称又逃避自我声称的方式。这就是被改造过的术语的作用——它们保留并且坚持保留的是一种转瞬即逝的感觉。

同时，塞吉维克认为，"鉴于对每一种同性之间的性表达的禁止在历史上和在当代具有的巨大影响力，如果有人否认这些意义，或者剥夺它们在这一术语（酷儿）定义中的中心地位，就会使酷儿性的任何可能性消失"。

换句话说，塞吉维克想要二者得兼。二

---

[1] 伊芙·科索夫斯基·塞吉维克（Eve Kosofsky Sedgwick，1950—2009），美国当代性别研究学者。

者得兼的确有很多值得借鉴之处。

塞吉维克曾经提出,"要使'酷儿'成为一种真正的描述,需要或者说只需要以第一人称使用它的冲动",而且"任何人用'酷儿'形容自己与用其形容他人的意义是不同的"。虽然听到一个白人直男用"酷儿"来描述自己的书可能会让人恼火(怎么哪里都少不了你?),但这种改变大概终归是好的。塞吉维克也许比其他人更了解以第一人称使用这个词带来的各种可能性。她曾与一个男人结婚多年,根据她自己的描述,她经常在淋浴后与这个男人进行一次平淡无奇的性行为。她为此受到了抨击,就像她因认同男同性恋(更不用说她认为自己是一名男同性恋者)以及极少关注女同性恋而受到抨击一样。一些人认为,一个"酷儿理论女王"将男性或男性性欲置于行动的中心(如她的《男人之间:英国文学与男性同性社会性欲望》一书),即便是出于女性主义批评的目的,也是一种倒退。

这就是塞吉维克的身份认同和兴趣。她

对此极为坦诚。她本人流露出的性状态和超凡魅力,比男性气质和女性气质的两极所能展现出的任何东西都更强大、更特别,而且更令人难以抗拒——她本人肥胖,长有雀斑,容易脸红,喜欢花哨的穿着,慷慨大方,可爱得令人惊奇,聪明得近乎残忍。而且在我遇到她的时候,她已病入膏肓。

对拜奥拉的教义声明想得越多,我就越意识到,我支持若干成年人在自愿的前提下以他们喜欢的方式生活在一起。如果这些成年人不想在"圣经婚姻"之外发生性关系,那就随他们。最后,让我彻夜难眠的是这句话:"不充分的[宇宙]起源模型认为,(a)上帝从未直接干预创造自然和/或(b)人类与早期生命形式有共同的物质起源。"在我看来,我们与早期生命形式的共同起源是神圣的。我最终拒绝了这份邀请。他们后来从好莱坞找了一位"故事大师"来顶替我。

在山上的房子里满心欢喜的我们却为一

些浓重的阴影所惊。你那位我只见过一次的母亲被诊断出患有乳腺癌。你儿子的监护权仍然悬而未决，一位恐同或恐跨的法官如幽灵般笼罩着他和我们整个家庭的命运，我们表面安宁的日子随时都会被一场龙卷风撕碎。你为了让你儿子感到快乐和被爱，把自己弄得筋疲力尽。你在我们狭小的后院为他建了滑梯，在房前设置了一个婴儿游泳池，在墙壁加热器旁布置了一个乐高玩具站，在他卧室里挂了一个秋千。我们在睡前一起给他读书，然后我会离开，让你们俩独处，听着你温柔的声音在紧闭的门后夜夜唱着《我一直在铁路上工作》。我在一本继父母指南中读到，对新家庭里形成中的感情联系进行评估的时间频率不是每天、每月或每年，而是每七年。（这样的时间跨度在当时让我觉得很可笑，而在七年后的今天，却让我感到了英明和睿智。）在你的躯干（以及你的肺）被束缚了近三十年后，你与自己这身皮囊的冲突达到了顶峰，脖子和背部整日整夜地跳痛。你甚至在睡觉时也试图把自己包裹住,但到了早上,地板上总会杂乱地扔着修补过的运动胸罩,还有一堆脏布条——它们便是你口中的"漂亮东西"。

"我只想让你轻松自在。"我说道,用同情掩饰声音里的愤怒,用愤怒掩饰声音里的同情。

"你难道还不明白吗?"你吼叫着回应我,"我永远也不能像你那样轻松自在,我永远不能在这个世界上、在自己的身体里活得舒适。就这样了,以后也会一直如此。"

"既然这样,我真的为你感到遗憾。"我说。

"很好,但你别再烦我了。"你也许是这么说的。

我们清楚,总要付出一些代价的,甚至可能要付出一切。我们真希望自己不至于走到那一步。

你给我看过一篇关于女同性恋中 T/P 角色的文章,其中有一句话是:"成为 P,就是赋予一直背负耻辱的角色以荣誉。"你想告诉我一些事情，一些我可能需要的信息。我认为你并不想让我陷入那句话里——你可能甚至都没有注意到它，但我真的陷了进去。我曾想而且仍然想给你我所能提供的任何延续生命的礼物，我曾注视并且仍然在愤怒和痛苦中注视着这个世界如此急切地抹黑栽赃我们——我们这些想砸烂或只是忍不住要砸烂那些亟待砸烂的规范的人。不过，我也感到很困惑：我从来没有想过自己是P，我知道自己习惯付出太多，我被"荣誉"这个词吓到了。我怎么能在告诉你这一切的同时还留在我们的泡泡里，在红色长沙发上咯咯傻笑呢？

我告诉过你，我想生活在这样一个世界，在那里，羞耻的解药不是荣誉，而是诚实。你说我误解了你口中荣誉的意思。我们还在努力地向对方解释这些词对我们的意义，也许我们会一直这样。

"你已经写了你生活的方方面面，除了这

个，除了酷儿的部分。"你说。

"先让我喘口气吧，"我回了一句，"我还没开始写呢。"

在这段日子里，我们开始谈论怀孕的问题。每当有人问我为什么想生孩子，我都无以对答。但是这种渴望的沉默偏偏与渴望的强度成反比。我以前也有过这种渴望，但近年来我认输了，或者说得准确些，我干脆不去想了。而现在，我们又谈到了这个话题。就像许多人希望的那样，我们也希望能遇到正确的时机。但我现在年纪大了，没有那么多的耐心。我已经能看出，"不去想"需要变成"去实现"，而且是赶紧实现。但我们要何时又要如何尝试？如果我们转身离开，我们会承受多少哀恸？如果我们呼唤过了，但没有婴儿的灵魂降临又会怎样？

正如像"足够好"的母爱等概念体现的那样，温尼科特是一个相当乐观的人。但他仍不辞辛劳地提醒我们,如果成长的环境不够好,婴儿会经历什么——

原始的痛苦:

> 无休止地跌落
> 各种各样的瓦解
> 分裂心灵和身体的事物

贫困的果实:

> 粉身碎骨
> 无休止地跌落
> 垂死,垂死,垂死
> 失去了所有再次接触的残存希望

有人会说,温尼科特在这里是在借用隐喻——正如迈克尔·斯内德克[1]更加成人化的说法:"一个人在被干的时候并没有真的破碎,

---

[1] 迈克尔·斯内德克(Michael Snediker),美国诗人、学者。

尽管贝尔萨尼是这么说的。"然而,虽然一个婴儿在其成长环境不佳时可能不会死,但他可能确实面临垂死的境地。心灵或灵魂会经历什么很大程度上取决于你相信其是由什么构成的。灵魂是简化到极致纤薄的物质:啊,如此纤薄![1]

总之,温尼科特特别提到"原始的痛苦"代表的并不是匮乏,而是实体:"果实"。

1984年,乔治·奥本死于肺炎和阿尔茨海默病的并发症。1990年,玛丽·奥本死于卵巢癌。乔治去世后,人们发现在他书桌上方的墙壁上钉着几张写着字的碎纸片。其中一张写道:

和玛丽在一起的日子:
如此美妙
令人难以置信

---

[1] 引自拉尔夫·沃尔多·爱默生(Ralph Waldo Emerson)。

在我们的艰难时期，我多次想起这段话。有时，我会因此充满一种近乎残忍的冲动，想要挖掘出某种证据，证明乔治和玛丽曾经不快乐，哪怕仅仅是片刻的不快乐；想要找到某种迹象表明，他可能是在这些不快乐的时刻写下了这些文字，比如他们没有深刻地理解彼此时，比如他们恶语相向或者在重大决定——乔治是否应该参加第二次世界大战，是否继续在墨西哥流亡，等等——上有分歧时。

这不是幸灾乐祸，而是希望。我希望这样的事情真的发生过，而在迷糊与清醒中沉浮摇摆——残酷的神经系统衰退的特征——的奥本依旧会感动得写下：

和玛丽在一起的日子：
如此美妙
令人难以置信

所以，可耻的是，我真的去寻找了。我

去寻找了他们不快乐的证据,同时回避着这样一个事实,即我的寻找让我想起了伦纳德·迈克尔斯[1]与第一任妻子西尔维娅的关系中一个特别不正常的时刻。按照他的说法,他们的婚姻是一段饱受煎熬、一触即发、最终走向灾难的关系。当得知一个朋友与伴侣有过一段同样可怕的关系,以及同样可怕的争吵时,迈克尔斯写道:"我很感激他,我松了一口气,高兴得晕头转向。所以其他人也是这样生活的……每一对夫妇、每一段婚姻,都是病态的。这种想法就像放血疗法一样净化了我。我是悲惨的普通人,我的悲惨很普通。"他和西尔维娅结婚了,在经历了一段短暂而悲惨的日子后,西尔维娅服用四十七颗安眠药自杀了。

"当然,奥本夫妇有时也会争吵和互相伤害,"我把我的寻找告诉你时,你这样对我说,"他们很可能出于对彼此的尊重和爱护,把那

---

[1] 伦纳德·迈克尔斯(Leonard Michaels,1933—2003),美国作家。

些话藏在各自心里。"

无论我要在乔治和玛丽之间寻找什么，最后都一无所获。然而，我确实发现了一些出乎预料的东西。我是在玛丽的自传《诚挚一生》中找到的，她在乔治智力开始衰退时出版了这本书。我发现了玛丽。

我在亚马逊上查找《诚挚一生》时，它的页面上只有一条评论。评论者给这本书打了一星，他抱怨道："购买这本书是希望深入了解我最喜欢的诗人的人生，但有关乔治的内容很少，有关玛丽的内容很多。""这是她的自传，你这个该死的蠢货。"我想着，然后意识到我也选择了和玛丽同样的路径。

在女儿琳达出生之前，玛丽遭遇了几次死产——显然多到都无法给出一个确切数字——以及一个六周大的婴儿的猝死。有关这一切，玛丽在书中写道：

> 分娩……我想我是不敢尝试谈到这个话题的。在分娩过程中，我孤立无援。

我甚至从未向乔治谈及此事。他惊奇地发现,分娩是一种巅峰式的情感体验,而且完全属于我自己,以至于我从未试图表达它……我希望它保持完整,而且我通过不说来保持自己分娩经历的完整性。对我来说,它太珍贵了。即使是现在,在叙述自己二十四岁到三十岁的经历时,我仍然希望可以守护住自己的孤立感和失去孩子带来的毁灭感,以及躺在产床上时那种任人摆布的感觉——被麻醉后陷入昏迷,才恢复意识却又被告知:"胎儿已经死了。"

乔治和玛丽之所以出名,是因为他们生活在谈话和诗歌中。"我们的谈话是我之前从未有过的,那是一种情感的喷涌。"但在这里,玛丽不确定言语是否足够好。"我甚至对乔治都没有提过这个问题。"她的经历可能是毁灭性的,但她仍然担心言语可能会削弱它(无法容忍)。

尽管如此,多年后,当她的丈夫开始逐渐失去语言能力时,玛丽却试图开始讲述。

哲学家彼得·斯洛特戴克[1]在其史诗般的专著《泡泡》中提出了他的"消极妇科学规则"。为了真正理解胎儿和围产期世界,斯洛特戴克写道:"我们必须拒绝以从外部观察母子关系为由让自己挣脱出来的诱惑;在最需要对亲密联系进行深入观察的地方,外部观察已然是一个根本性的错误。"我赞赏这种卷入,这种"洞穴研究",远离权力的主宰,进而转向"血液、羊水、声音、音泡和呼吸"的沉浸式泡泡。我没有感到任何想从这个泡泡中挣脱出来的冲动。但问题来了:我没办法在写作的同时还抱着自己的孩子。

温尼科特承认,对一些母亲来说,平凡奉献的要求也会令她们恐惧,她们担心遵循这些要求会"把她们变成生活单调的乏味之

---

[1] 彼得·斯洛特戴克(Peter Sloterdijk,1947—),德国哲学家、文化理论家。

人"。诗人爱丽丝·诺特利增加了这么做的风险:"他出生了,而我却完蛋了——感觉好像我将/永远不会出生,从未出生过。//两年后,我再次抹去了自己/又生一个孩子……两年来,我并不存在。"

我从来没有这种感觉,因为我是一个高龄妈妈。我有近四十年的时间来成为我自己,然后才尝试着将自己抹去。

有时,母亲们会惊恐地意识到自己做的事情很重要,在这种情况下,最好不要告诉她们实情。这会让她们产生自我意识,然后她们做什么都不那么顺利了……当一个母亲有能力成为一个母亲时,我们千万不能插手。她不明白真相,就不会为自己的权利而斗争。[1]

就好像母亲们本以为自己正在野外进行平常的奉献,然后惊愕地抬起头,看到围栏

---

[1] 引自温尼科特。

对面有一群吃着花生看热闹的人。

生完伊基后回到工作岗位不久，我在自助餐厅碰到了一位上司。他殷勤地给我买了"素食者安慰餐"和纯果汁，还问我下一本书什么时候出版。我告诉他可能需要一段时间，因为我刚生完孩子。我的回答让他讲了一个故事。他曾经有一个同事，一个文艺复兴研究领域的教授，据说她发现自己的孩子如此迷人，以至于整整两年间，文艺复兴研究让她深感晦涩和无聊。"但两年后，她的兴趣又回来了。"他说。"又回来了。"他重复道，还眨了眨眼。

随着时间的推移，我开始怀疑自己对《泡泡》的钟爱可能与它提出消极妇科学规则的关系不大，而更多与其可笑的标题有关，因为它与迈克尔·杰克逊的宠物黑猩猩同名。

迈克尔很宠爱泡泡。但随着它年纪变大，迈克尔也会用新的、更年轻的泡泡来取代它。

("阿尔戈"式的残忍？)

在我的成长过程中，母亲有时会要我把电视频道切换到有男性气象预报员的电视台。她常常说："他们预报得更准确。"

"天气预报员是在读稿子，"我翻着白眼回答，"预报没什么不同。"

"就是一种感觉。"她耸耸肩说。

唉，这不仅仅是一种感觉。即使女性预报员查看了同样的卫星图片，或者读着同样的稿子，她们的预报仍然不可信，就是如此简单。换句话说，在话语中，对我性别的现实的表述是不可能的，而且是出于一种结构性和本质性的原因。我的性别——至少作为一个主语的属性——被从保证话语连贯性的主谓结构里移除了。[1]

露西·伊利格瑞对这一难题的解答是什么呢？"要摧毁……[但]要用婚姻工具……留给我的选项，"她写道，"是与哲学家们尽

---

[1] 引自法国女性主义理论家露西·伊利格瑞（Luce Irigaray）。

情放纵。"

1998年10月,研究生生涯刚开始了几星期,我被邀请参加简·加洛普[1]和罗莎琳德·克劳斯[2]的研讨课。加洛普将发表新作品,克劳斯会进行评论。我当时很兴奋,因为上大学时,我喜欢加洛普写的那些有关拉康的大逆不道的著作(比如《女儿的诱惑》),读来令人陶醉。这些著作见证了加洛普对拉康思想的深入研究,但又没到盲目信仰的地步。她那时候正与哲学家们打得火热,但似乎是为了学习一切关于哲学的"锅炉间"的知识,以便最终炸毁它。克劳斯的作品我没那么了解,但我知道每个人都对她关于现代主义网格的理论感兴趣,而且我喜欢《十月》[3]杂志那朴素的

---

1 简·加洛普(Jane Gallop,1952—),美国学者。
2 罗莎琳德·克劳斯(Rosalind Krauss,1941—),美国艺术评论家。
3 《十月》(*October*),麻省理工学院出版社出版的专门研究当代艺术、批评和理论的学术期刊。

亚光封面。她不是写过关于克劳德·卡恩[1]的文章吗？我喜欢克劳德·卡恩。即便在那时，破除先锋艺术自身的神话已经是我心中的一大乐事。

在格雷斯大厦——纽约市立大学当时的所在地——的一个格外气派的房间内，教授们庄严地围坐在一张长木桌旁。我觉得自己好像真的等到了这一天——不知怎的从酒吧餐厅的角落里被拽了出来，直接被扔进了一个学术圣地，那里到处都是深色的木制家具和学术巨星。

加洛普做了一个幻灯片展示：她最近的作品有关她被自己的丈夫拍摄，而他恰好名为迪克[2]。我记得有一张照片是她和儿子在浴缸里，还有一张是她和儿子在一起光着身子闲逛，类似卡罗尔·金[3]那样的风格。她给我

1　克劳德·卡恩（Claude Cahun，1894—1954），法国超现实主义艺术家。
2　英语中"Dick"除了有人名迪克的意思，还有阳具之意。
3　卡罗尔·金（Carole King，1942— ），美国歌手。

们展示她和儿子的裸体照片,并毫不掩饰地谈论她的伴侣迪克(异性恋总是让我感到尴尬),我记得自己当时既惊讶又高兴。她试图从被拍摄主体的立场来谈论摄影,正如她所说,"从这一立场出发可能最难获得有效的普遍洞察"。她将这一主体立场与身为母亲的立场相结合,试图搞懂作为一名母亲被拍摄的经验(而母亲形象又通常会被视为"个人化到令人烦躁,满嘴八卦又自私自利",加洛普说)。她这么做是在叫板罗兰·巴特的《明室》。即使在迷人的巴特笔下,母亲仍然是(被拍摄的)客体,而儿子则是(写作)主体。"作者是与他母亲身体嬉耍的人。"巴特写道。不过,作者有时候就是母亲(莫比乌斯环)。

加洛普一有什么发现,会在自己完全理解之前就与我们分享,我喜欢她这一点。她任由自己的胡说八道受到指摘:这只是一个开始。她眼角下垂,无精打采,在私生活上名声不佳(这点让我颇为喜欢),和很多学者一样,都有一种糟糕但可爱的穿衣风格——似乎仍停留在20世纪80年代,戴着羽毛耳环,诸如此类。她甚至谈到自己非常喜欢在其中一张幻灯片中穿的衬衫——一件黑色的扣角领衬衫,上面布满了白色泡沫状涂鸦。当人们把自己的精力贯注在自己糟糕的穿衣风格上而不是简单地对其视而不见时,就会让我感到有趣得难以抗拒(这种描述可能适用于我们所有人,我感觉这种情况随着年龄的增长会越来越容易发生)。

幻灯片结束了,加洛普也说完了,下面轮到克劳斯。她迅速把椅子挪到桌子旁,翻了翻手里的几张纸。克劳斯是和加洛普截然相反的那类人——尖下巴,时髦地戴着丝巾,藤校出身,一看就住在昂贵的纽约上东区。她像只猫一样全身上下干净利落,稀疏的深色头发长不及肩,活像艺术史界的珍妮特·马尔科姆[1]。她首先称赞了加洛普研究拉康的著作是多么重要,它们既大胆又深入。这种夸赞

---

[1] 珍妮特·马尔科姆(Janet Malcolm,1934—2021),美国作家、记者。

持续了一段时间,然后,她戏剧性地话锋一转:"正因为她的早期作品极为重要,今天加洛普呈现给我们的作品才更显平庸、幼稚和软弱无力,这令人深感不安。"加洛普的脸色顿时黯淡下来。克劳斯没有理会她,反而大开杀戒。

房间里响起了一个敏锐聪明的女人击倒另一个女人的声响,真的,说肢解都不为过。克劳斯痛斥加洛普把她自己的个人境遇作为题材,指责她对摄影的悠久历史几乎刻意地视而不见。她指控——或者我记得她当时在指控——加洛普错用了巴特,没有将她的研究与任何家庭摄影的脉络联系起来,在艺术史最基本的美学概念上投机取巧,等等。然而,在我看来,克劳斯这些论点之下未说出口的话是,加洛普的母性已经腐蚀了她的神智——让她自恋地痴迷其中,甚至让她以为无数人共有的再平常不过的经验在某种程度上是独一无二的,或者说独一无二地有趣。

加洛普的确不研究艺术史,当然也不是克劳斯口中的那种艺术史学者。(就此而言,巴特也不是,但艺术性自然胜过专业上的精通。)而克劳斯一直像个拳击手,就如同加洛普一直像个自恋者一样——在这个场合,这两种执拗被证明是水火不容的。但加洛普那天受到的抨击在我脑海中停留许久,如同一堂实例教学课。克劳斯表现得好像加洛普应该为翻出自己和儿子在浴缸里的裸体照片而感到羞耻,她那肥胖的身体和狗屁不通、以自我为中心的思维污染了严肃的学术空间(即使加洛普多年来一直在这种污染上精益求精)。不过,与哲学家放纵是一回事,一个爱着儿子和丑陋涂鸦衬衫的胖妈妈是另一回事。

我当时还没有孩子,也没有任何生孩子的打算。我也从来不是你口中喜欢孩子的人(也不是喜欢动物、喜欢园艺的人,更不是喜欢室内花卉的人,甚至连"照顾好自己"这样的督促也经常使我烦躁和迷惑)。但我是个合格的女性主义者,拒绝任何下意识地将女性或母性从深奥的智力领域隔离开来的行为。而且,在我的印象中,克劳斯并不是简单地隔离，她是在羞辱。面对这种羞辱，我感到别无选择。我和加洛普站在了一起。

在阿拉伯语中，胎儿这个词源于"jinn"，意思是"隐藏在视觉之外"。无论你做了多少次超声波检查，觉得自己有多熟悉宝宝在子宫内运动的节奏，他的身体仍然是一个启示。一具身体！一具活生生的身体！我对伊基奇妙的小身体敬畏极了，乃至过了几个星期我才觉得自己有权利触摸他的全身。在有伊基之前，看到父母把面巾纸塞到毫无戒备的幼儿脸上总会让我震惊，好像孩子只是一个物体，只要流了鼻涕，其身体自主权就可以被侵犯。我想照顾伊基，但又不想伏击他。另外，文化上对恋童癖的担忧有时会出现在不该出现的地方，这些担忧让我感到无法带着好奇和欢喜接近他的生殖器或肛门。直到有一天，我意识到，他是我的宝宝，我可以——没错，我必须！——自由而干练地处理他的身体。我的宝宝！我的小屁股！他的小屁股现在使我开心。用一个满是洞的小船玩具往他头上浇水也使我开心。我弄湿他那头金色卷发，黄油使它们缠绕在一起——他最近将装黄油的盘子当作帽子。

幸运的是，伊基根本不在乎。他很健壮，对肢体侵犯有很高的容忍度。在出生后的第一年里，他经受住了一次脊椎穿刺、几次导尿、一次造影剂灌肠、多次电击和核子扫描、无数次静脉注射，还输注了从别人身体里获取的稀有抗体（如果我们没有医疗保险，这一小瓶液体将花费四万七千美元，相比之下，冷冻精子的价格都算便宜的）。尽管如此，他天生的快乐和健壮仍在持续，未曾减少。在他变得太重之前，我总是抱着他到处跑，甚至会违反育婴规范（在炉子上做煎饼，在陡峭的小路上散步，等等）。当我们一起出门时，我会任由他在机场把我摇摇欲倒的大包拖来拖去，哪怕他学会走路才几个星期。他坚持要这样做，而我对他的坚持给予了认可。我无视有些书给出的严肃建议——在哄宝宝入睡时不要摇晃或喂奶，这样他才能学会自己入睡。我有幸有足够的时间和意愿来抱着伊基，直到他慢慢瘫软下去，我也确实是这么做的。我等啊等，直到听到他的呼吸里出现睡着时的呼噜声。我看着他的眼睛扑闪扑闪地睁开又闭上，闭上又睁开，重复了一百次，直到最后紧闭。我从养育继子的过程中知道，这种仪式不会永远持续下去——伊基的婴儿期已经开始加速飞逝。等到这本书出版时，婴儿期早已结束。他像个结实的飞行员一样翻过咖啡桌，然后骑在上面。

我很崇拜温尼科特。但我仍然无法忽视一个怪异的现象：最常被引用、最受尊敬、最畅销的关于育婴的书——温尼科特、斯波克、西尔斯夫妇、魏斯布卢特——一直都是且大部分仍然是由男人书写的。《育婴全书》的封面署名写着"威廉·西尔斯（医学博士）和玛莎·西尔斯（注册护士）"，这可能算是当代比较进步的做法了（尽管带有强烈的异性恋本位色彩）。看上去还挺不错的是吧，但身为护士/妻子/母亲，玛莎的声音只出现在了趣闻逸事、对话和边栏中，从未作为共同叙述者出现。她是否因忙于照顾他们的八个孩子而没有加入第一人称的行列？我低头看了看心爱的《温尼科特论儿童》一书，注意到书中不是有一两个，而是有三个男性儿科医生（布雷泽尔顿、格林斯潘、斯波克）的介绍。假如一位精神科女医生被公认可以为他的著作增加价值，那哪些神话会破灭呢？我自己为何不去找女性编写的儿童看护书籍来读？我是不是在不自觉地寻找有男性气象预报员的频道？加洛普——或者任何一位母亲，无论她多么聪明——怎么可能提出消极妇科学规则而且还像斯洛特戴克那样被认真对待？这些性别转换的假设令我厌烦（女性主义警报声响起）。

在西尔斯博士的《育婴全书》中，有一个名为"母乳喂养时的性欲"的小边栏（由玛莎撰写？），它试图向你保证，有这种感觉并不意味着你是一个恋童癖。上面说，你的感觉是由激素造成的，由于哺乳释放的激素与性爱释放的激素相同，这种混乱的感觉是情有可原的。

但是，如果是同样的激素，怎么能算是混乱呢？人们如何将一种性欲与另一种可能更"真实"的性欲区分开来？或者更进一步，为什么要区分？这不是像一段爱情关系，它就是一种爱情关系。

倒不如说，它是浪漫的、色情的、令人着迷的，但没有任何负担。我拥有我的孩子，我的孩子也拥有我。这是一种轻松的爱欲，一种没有目的论的爱欲。即使我在通过喂奶或摇晃哄他睡觉时感到兴奋，也不觉得有必要做什么。

在未来的岁月里，这段恋情很可能会成为单相思，我听说大概是这样。这就更有理由欢呼这一刻的自成目的的存在了。

这个底层空间，如此黑暗，黑暗的同时又热得让人流汗。他稀疏的头发湿湿的，闻起来像糖果和泥土，我把嘴埋进发间，吸了一口气。我不想犯这样的错误：让我对他的需要和他对我的需要一样多，甚至更多。但不可否认的是，有时候，当我们一起睡在下铺的黑暗洞穴时，他的哥哥在上铺翻来覆去，白噪音机器传出人造雨声，绿色的数字时钟每到整点都会报时，伊基的小身体紧紧地抱着我。

在温尼科特关于儿童（以及那些努力抚养儿童的人）的写作中，最可爱的部分之一就是他使用了一种"平凡的语言"，哪怕讨论的是最复杂和最严肃的问题，似乎也不会给人装腔作势的感觉。温尼科特"不带反讽地将青春期抑郁命名为'低迷'"，迈克尔·斯内德克在他的《酷儿乐观主义》一书中称其代表了温尼科特标志性的语言：戳破却没有否定。"抒情地谈论忧郁……很容易,"斯内德克提到了酷儿理论对忧郁症的长期关注,"抒情地谈论'低迷'就没那么容易了。"

正如斯内德克所言,抒情式谈论的一个问题是,它往往预示(或导致)对无所不包的概念或数字的痴迷,而这种痴迷会粗暴地无视眼下情形的特殊性。(例如,温尼科特曾经指责弗洛伊德使用死亡驱力的概念来"简化理论,这好比米开朗琪罗这样的雕塑家在技术上逐步放弃细节"。)

这种指责对许多作家来说并不意外,特别是对那些试图在写作中向爱人致敬的作家。韦恩·克斯滕鲍姆[1]讲过一个与此相关的颇有启发性的故事。"我的某个神经病女友(几十年前!)在回绝我写给她的一封狂想曲式的长信时,只用了这样一句简短的羞辱性文字:'下次,写信给我。'这个命令写在一张小纸条上,被塞进信封里。我记得自己当时想:

---

[1] 韦恩·克斯滕鲍姆(Wayne Koestenbaum, 1958—),美国艺术家,诗人。

'我不是给她写了信吗？在写信给她时，我怎么能知道自己内心中并不是在给她写信呢？'那时候，德里达还没有写出《明信片》，所以我不知道该如何处理自己这种茫然受伤的感觉——身为一封狂想曲式长信的自恋作者，我竟然被要求'好好说话'，要对着人而不是写作尽头的虚无说话。"

不可言说早已（不可言说地！）包含在了言说之中，但我年纪越大，就越害怕自己会变得这般虚无，会抒情地谈论起我最爱的人（想想科迪利娅[1]）。

我完成了这本书的初稿，并把它交给了哈里。他不必告诉我他是否读过：我下班回家时，可以看到从他背包里探出的那堆褶皱的纸页，我还可以感受到他的情绪，不妨说是安静的愤怒。我们同意第二天出门吃午饭时谈一谈这个问题。午饭时，他对我说，他

---

[1] 莎士比亚悲剧《李尔王》中李尔王的三女儿。科迪利娅不愿阿谀奉承，结果激怒了国王。

感到自己没有被重视,甚至没有感觉到被对方拥有。我知道这感觉很可怕。我们一页一页地看草稿,手里拿着自动铅笔,他建议我可以用什么方式来呈现他,呈现我们。我努力去听,努力想着他的慷慨,愿意让我写他。他毕竟是一个非常内向的人。他不止一次地告诉我,和我在一起的感觉就像一个装了心脏起搏器的癫痫患者和一个频闪灯艺术家结婚。但没有什么能实质性地让我想要辩驳的内心不再发声。一本书怎么可能兼顾自由表达和商量协调呢?指责一张网有洞有任何意义吗?

他可能会说:"这只是一张劣质网的借口。"但这是我的书,我的!"没错,但我的生活细节,我们一起生活的细节,并不只属于你一个人。"好吧,但没有一个人能够像关注自己的感受那样关心邻居的感受。邻居和其他所有的东西统统被归入一个陌生的群体里,相比这个群体,他自己感受的重要性不言而喻。"这就是一个作家的自恋。"但威廉·詹姆斯将其描述为主体性本身,而不是自恋。"无所谓了。为什么你就不能写点东西,为我,为我们,为我们的幸福做充分的见证?"因为我还不明白写作和幸福之间的关系,或者说写作和拥有之间的关系。

我们曾经讨论过一起写一本书,书名是《接近》。它的精神气质来自吉尔·德勒兹和克莱尔·帕尔奈合著的《对话Ⅱ》。"当我们越来越不确定一个人的感受、另一个人的感受甚至其他人的感受时,我们会更加清楚地明白'写作是什么'。"

然而,最终我意识到,仅仅是这样一种融合的想法就使我过于焦虑了。我想自己还没有准备好放弃自己的感受这个视角,因为这么久以来,写作一直是我觉得有可能找到它(无论这个"它"是什么)的唯一地方。

耻辱点——作为一个在高中说话无拘无束、滔滔不绝又热情洋溢的人,进入大学后我意识到自己有可能成为那种让周围所有人翻白眼的人：她又开始了。我花了不少时间，遇到了不少麻烦，最终学会了停止表达，成为一个（假扮的，没错）观察者。这种扮演使我在笔记本的空白处写下了很多文字——我后来经常从这些批注里提炼作诗的素材。

强迫自己闭嘴，把语言倾注在纸上，这成了一种习惯。但现在，我又通过教书的形式，回到了大量表达的状态。

有时候，在教书时，我会在没有人要求的情况下插入一段评论，却没注意到自己刚刚才发过言了。我会打断别人，把谈话从我认为没有意义的废话上引开。知道自己可以想说多少就说多少、想说多快就说多快，随意掌控话题的走向，却没有人敢公开对我翻白眼或建议我去做语言治疗，这些都使我感到兴奋。我并不是说这种教育方法有多好。我是说这给我带来了极大的乐趣。

"她像是从头发里抽出几张便利贴，然后便拿来讲课了。"我的一个同辈曾经如此抱怨我钟爱的老师玛丽·安·考斯[1]的教学风格。我必须同意,这恰如其分地描述了考斯的风格(和头发)。但我不仅喜欢这种风格,还喜欢其他人都拿她没有办法。对她的课程,你要么忍受,要么放弃,选择权在你手中。艾琳·迈尔斯也是如此,她讲过一则趣事,一个来自加州大学圣地亚哥分校的学生曾抱怨她的讲课风格就像"朝我们扔比萨"。我的感觉是,能够被艾琳·迈尔斯扔一脸比萨或者从玛丽·安·考斯的发窝里拔出一张便利贴,那你真是个十足的幸运儿。

科迪利娅无法真正表达出自己的心意,可谁能做到呢?没关系,她拒绝尝试的态度成了她著名的荣誉勋章。但是她的沉默从来没有打动过我,反倒总是让我觉得有点偏执,有点道貌岸然,甚至有点吝啬。

当言语被浪费的时候,我们到底失去了

---

[1] 玛丽·安·考斯(Mary Ann Caws, 1933—),美国作家、译者、艺术史学家和文学评论家。

什么？[1] 言语会不会构成了地球上少有的几种经济系统之一，在这种经济系统中，充裕，甚至过度，是不需要任何代价的？

最近我收到一份文学杂志，其中有一篇对安妮·卡森的采访，她用空的括号[[ ]]回答了某些问题（无聊的问题？太私人的问题？），这里有一些东西值得学习。以前的我可能会就每个问题写一篇论文，导致我在生活中无数次听到这样的回应："说真的，这可真了不起——只是上面的人说我们得精简一些内容。"看到卡森的括号，我立刻为自己想要直截摊牌的强烈冲动而感到羞愧。但我越是想这些括号，它们就越让我感到不安。它们似乎将未说之物奉若神明，而不是简单地将其包含在可言说之中。

许多年前，卡森在纽约教师与作家协会做了一个讲座，她在讲座上（向我）介绍了一个概念——留出能让上帝闯进来的空间。

---

[1] 引自加拿大诗人安妮·卡森（Anne Carson）。

我从我当时的男朋友那里了解过一点这个概念，他那时沉迷于盆景。在盆景中，经常把树种在花盆偏离中心的位置，以便为神性腾出空间。但是那天晚上，卡森将其变成了文学概念。（行动吧，这样中心就没有什么用处[1]：卡森说这是在努力向学生传授些许斯泰因式的智慧。）在那晚之前，我从未听说过卡森，但房间里挤满的其他人显然都听说过她。她做了一场真正的讲座，在复印的幻灯片上列出了爱德华·霍普的画作和所有内容。她让你觉得成为一名学者式作家似乎是你能做到的最酷的事情。我回到家，牢牢记住了把中心留给上帝这一概念。这就像偶然加入一场塔罗牌解读或匿名戒酒会活动，听到某种能让你在心里或艺术上继续前行的东西。

我坐在无窗办公室的办公桌前，为了保留对天空的记忆，办公室的后墙被涂成了淡

---

[1] 引自格特鲁德·斯泰因的《软纽扣》，蒲隆译。

蓝色。我盯着卡森采访中的括号，试图将它们当作那个久远夜晚的纪念来欣赏。不过，有些启示并不成立。

有一天，一个学生来到我的办公室，给我看了他母亲在《洛杉矶时报》上发表的一篇专栏文章。她在文章中描述了她对他跨性别身份的混乱感受。"我想爱我女儿变成的那个男人，"这位母亲一开始就这样宣称，"但她的变化和我的抵制形成了一股洪流，我在其中挣扎；我担心永远无法渡过自己那条愤怒和悲伤的河流。"

我礼貌地与学生交谈，然后回到家里，怒气冲冲地大声朗读了这篇文章的部分内容。"一个跨性别的孩子让父母直面死亡，"这位母亲感叹道，"我所认识和喜爱的女儿已经不在了，一个长着胡须、声音低沉的陌生人取代了她。"我不知道是什么让我更难过，是这个女人在谈论她孩子时使用的字眼，还是她选择在一家主流报纸上讲出这些话的事实。我告诉过你，我厌恶主流媒体上由感觉良好的顺性别者（想必自称"我们"）讲述的对他人（想必被称为"他们"）的性别转换表示悲伤的故事。（"如果一个人的解放成了另一个人的损失，这种情形要被归入生活危机分类中的哪个级别呢？"在痛苦地描述哥哥从男性转换为女性时，莫莉·哈斯克尔[1]如此问道。如果她的问题不是一种反问的话，我会给出以下答案：非常非常低的级别。）

令我惊讶的是，你并没有和我一样感到愤怒。相反，你挑了挑眉毛提醒我，就在几年前，我曾表达过对激素和手术可能带来的未知变化的恐惧，虽然没有用完全相同的措辞。

你说这话时，我们正站在厨房里，站在同一张料理台边。我突然想起了自己当时还翻阅了加拿大的睾酮信息手册（加拿大在这方面比美国领先了几光年吧）。我之前确实一直想要弄清楚——甚至惊恐地哭了起来——你的哪些方面可能会因为睾酮的变化而改变，

---

[1] 莫莉·哈斯克尔（Molly Haskell, 1939— ），美国女性主义影评人。

哪些不会。

当我翻阅这本手册时,我们已经备孕一年多了,但并没有成功。我一直忙着服用大量恶臭的米色胶囊和光滑的棕色颗粒来增厚子宫内膜,这些药物来自一位"下手很重",也就是说让我腿上布满伤痕的针灸师。你已经开始为做上半身手术和注射睾酮(将使子宫萎缩)做准备。手术并不像睾酮那样让我担心,毕竟切除有一定的明确性,而激素的重构却不是。但一部分的我仍然希望你的胸部能保持原样。我之所以这样想是为了我自己,而不是为了你(这意味着这是一个我需要摒弃的愿望)。我还发现,我替你怀着某种未经审视的T的逞强,比如:"你已经留了多年的络腮胡子,90%的时间里都没有注射睾酮,这比许多想要达到这种水平的人好多了。这还不够吗?"

没办法把这些话说出口,我便关注起胆固醇升高的风险和睾酮可能对你的心血管系统造成的威胁。我父亲在四十岁时死于心脏病，没有任何合理的理由（"他的心脏爆炸了"）。如果我以同样的方式失去你会怎样？你们都是双子座。我不吉利地大声念出这些风险，仿佛一旦揭示出它们，就会吓得你永远不再去注射睾酮。你反而耸了耸肩，提醒我说，睾酮并不会让你比无须服用它们的生理男性面临更高的风险。我气急败坏地说出了一些缺乏根据的佛教戒律，什么进行外部改变而不是专注于内心的转变会是一种潜在的愚行。如果你做了这些重大的外部改变，却仍然在你的体内、在这个世界上感到不自在，又该如何呢？仿佛我当时不知道，在性别领域，外部和内部之间没有明确的界限——

恼怒的你最后说道："你以为我不担心吗？我当然担心了。我不需要你继续替我担心。我需要的是你的支持。"我懂了，给出了我的支持。

事实证明，我的担心是没有必要的。这并不是说你没有改变，而是你最大的变化是获得了一定程度的平和。这并非一种全然的平和,但在面对令人窒息的焦虑时,这点程度的平和意义重大。你现在确实感到悲痛欲绝,只因为你等了这么久,三十年来不得不承受如此强烈的痛苦,直到最终得到某种解脱。这就是为什么每次我数着你后腰部纹着的蓝色梯子的四根横档,推平皮肤,插入近五厘米长的针头,将金色的油状睾酮注射到肌肉深处时,我相信自己是在送出一份礼物。

而现在,在与你生活了这么多年之后,看着你的思想之轮转出了一种纯粹的野性艺术——当我在这些句子里苦苦挣扎时,一直在想平实的文句是否只是墓碑,标志着我们埋葬了自身的野性(忠于意义的构建,忠于主张,忠于论证,无论多么松散)——我不再确定我们之中谁在这个世界上更自在、更自由。

该怎么解释呢?"跨"(trans)作为简称

可能足够好用,但它唤起的快速发展的主流叙事("生错了身体",必须在两个固定的目的地之间进行矫形的朝圣)对某些人来说是无用的——但对其他人来说还算有用,甚至极为有用?对某些人来说,"性别转换"可能意味着完全抛弃一种性别,而对另一些人来说,则不是这样?比如哈里,他开心地认同自己是一名依靠睾酮注射维持男性性征的T。哈里有时面对别人的询问会回答说:"这就是我想要的状态。"在一种急于解决问题的文化中,如何解释有时问题就是不能被解决的?我不想要出生时被分配的女性性别。我也不想要变性医疗所能提供的男性性别,更不想要只要行为遵守规范便会被国家奖赏的男性性别。我不想要它们中的任何一种。[1] 该怎么解释呢?对于某些人而言,或者有时候对于某些人而言,这种问题不被解决的状态是可以的,甚至是可取的(例如"性别黑客")。

---

[1] 引自西班牙酷儿作家、哲学家保罗·B. 普雷西亚多(Paul B. Preciado)。

但对另一些人来说，至少在某些时候，这总会带来冲突或悲伤。如何让人们了解到这样一个事实，即了解人们对自己性别或性取向（说真的，乃至其他任何事情）的感受的最好方法，就是倾听他们怎么说，并努力按照他们想要的方式对待他们，而不是用你所知的现实去鞭笞他们的现实？

这一切都透出一种自以为是。一方面，这种亚里士多德式的，也可能是进化论式的需要，把一切都归入某种类别（"捕食者""衰退期""可食用"）；另一方面，这种需要忠诚于转换、逃逸，以及我们实际生活的存在的巨大浓汤。德勒兹和加塔利[1]将此种逃逸称为生成：生成-动物，生成-女人，生成-分子。一种从未生成的生成，其规则既不是进化也不是渐近，而是某种转向，某种转向内部，变成我自己/转入/到我自己/最后/

---

1 皮埃尔-费利克斯·加塔利（Pierre-Félix Guattari, 1930—1992），法国心理治疗师、哲学家、符号学家和社会活动家。

转出/白色的笼子,转出/女士的笼子/最后的转向。[1]

我很痛苦,因为我写了一整本质疑身份政治的书,后来却被当作女同性恋身份的象征。要么人们没有真正读过这本书,要么身份政治的商品化程度如此之深,以至于你写的任何东西,即使是明确反对这种政治的内容,也会被这种机制吸纳利用。[2]

我认为巴特勒将不断扩散的"身份的商品化"称为问题实在很大度。我就没有那么大度了,我想说的是,她是一名女同性恋这一简单的事实让某些人一叶障目,以至于无论从她嘴里说出什么话——无论从这位女同性恋嘴里说出什么话,无论从她的脑子里蹦出什么想法——这些人只能听到一件事:女同性恋,女同性恋,女同性恋。这种局面很快

---

[1] 引自美国诗人露西莉·克利夫顿(Lucille Clifton)。
[2] 引自朱迪斯·巴特勒。

就会变成对女同性恋——或者说,任何拒绝平静地滑入一个与种族主义的过去和现在非常相似的"后种族主义"未来的人——的轻视,他们都会被视为身份主义者。实际上,恰恰是听者自己无法超越他赋予说话者的身份。称说话者为身份主义者,就有了不听她说话的有效借口,在这种情况下,听者可以恢复自己作为说话者的角色。然后我们就可以开心地跑去参加另一个由雅克·朗西埃、阿兰·巴迪欧、斯拉沃热·齐泽克主讲的会议。在那儿,我们可以沉思自我和他者,设法理解激进的差异,赞美"二"的决定性,并羞辱那些单纯的身份主义者,拜倒于另一个在讲台上大发议论的伟大白人男性的脚下,如同几个世纪以来一直做的那样。

约翰·凯奇[1]在回答一位要求他"用一句话概括自己"的记者时说:"无论你发现自己

---

[1] 约翰·凯奇(John Cage,1912—1992),美国先锋派古典音乐家。

被困在什么笼子里,都要让自己出来。"他知道他的名字粘在自己身上,或者说他被粘在了自己的名字上。尽管如此,他还是敦促自己要摆脱它。阿尔戈号的部件可能会被替换,但它仍然叫阿尔戈号。我们可能会变得更习惯于起跳飞行,但这并不意味着我们摆脱了所有的栖木。我们应该说出"和"的感觉,"如果"的感觉,"但是"的感觉,"经由"的感觉,就像我们说出"悲伤"或"寒冷"的感觉那样容易。[1] 我们应该这样做,但我们没有这样做——或者至少我们做得没有那么利落。但你做得越多,当它再次出现时,你就越能快速地识别出这种感觉。希望你不会花费太久的时间。

二十多岁的时候,我每周都在纽约东十街的俄罗斯和土耳其浴场冥思一个女人那古老得不可思议的身体,我曾以为这女人是浴

---

[1] 引自威廉·詹姆斯。

场的鬼魂。(如果你在20世纪90年代的女性专用日去过这些浴场,你会知道我指的是谁。)我冥想着她的阴唇,它远远地耷拉在下体苍白的毛发之下,她的臀瓣像两个泄了气的气球一样从骨头上垂了下来。我说,阴唇真的会下垂吗?她说,是的,就像男人的睾丸一样,重力使它下垂。我告诉她自己从来没有注意到这一点,我必须好好看一看。[1] 通过凝视她的身体,我试图了解有关衰老的女性身体的一切。(现在我意识到自己应该说"老年女性的身体",但在我的青年时期,当时的文化氛围经常瓦解"衰老"和"老年"女性之间的空间,两者的差别被视作难以辨认或无关紧要的。)

然而,在研究生时期,我只对艾伦·金斯堡[2]诗中对女性生殖器的描述表示过不满,如"在梨李般的/脂肪组织间/我早已厌恶"和"那一个从1937年开始便让我恶心的洞"。

---

[1] 引自美国作家多迪·贝拉米(Dodie Bellamy)。
[2] 艾伦·金斯堡(Allen Ginsberg, 1926—1997),美国诗人。

我仍然不认为有宣扬厌女情绪的必要，即使是为了男同性恋，但我确实理解它们为何会被厌恶。各种生殖器通常都是黏稠的、下垂的和令人恶心的。这是它们魅力的一部分。

我现在意识到,在他伟大的诗作《卡迪什》中，当他与母亲"疯狂的娜奥米"的裸体不顾一切地相遇时，金斯堡的"厌女"时刻闪现出了不一样的光泽：

> 我认为有次她甚至试图引诱我——在水池子里做出挑逗的模样——趴在一张能把整间屋子都塞满的大床上面，屁股外面套着蕾丝，展示出那些关于手术，胰腺，妊娠，堕胎，和阑尾的种种疤痕。肚子上的刀疤如同为脂肪缝制了一条巨大而丑陋的拉链——看看她两腿间松垮的那道缝儿——什么，还有屁眼儿的臭味？我打了个冷战——我抵抗着，收效甚微——或许只是徒劳吧——感觉我早已逃离的子宫内那只野兽又发出了它的

怒吼——大概吧——不知她是否在乎？
她需要一个情人。

　　以上帝之名祝福并赞美，荣耀并崇高，赞颂并受敬，升天并歌颂。[1]

　　现在读这段，我只感到感动和鼓舞。"什么，还有屁眼儿的臭味？"——这是金斯堡在哄骗自己尽可能地向悬崖边靠近，即使这意味着要把自己挤入推测与虚构之中。从"生命起源的子宫怪物"到母亲的肛门，他俯身嗅着。这么做不是出于卑劣的目的，而是为了追求宽容的极限。她需要一个情人——我就是那个名字吗？

　　这一切努力的结果是什么？"我抵抗着，收效甚微。"啊，完美地戳破却没有否定！

　　大约十岁时，我记得自己看到了电影《闪灵》中的一幕，杰克·尼科尔森饰演的角色

---

[1] 引自《金斯堡诗全集》，惠明译。

在闹鬼的酒店浴室里淫荡地抱着一位性感的年轻女人,那个女人在他的怀里迅速衰老,几秒钟内从火辣少妇尖叫着变成了一具正在腐烂的尸体。我明白,这个场景应该代表了某种本能的恐惧。毕竟,这可是《闪灵》。但是,那个咯咯笑的丑陋老妪腐烂着向后退的男人伸出欲望的双臂的形象,跟随了我三十年,像个朋友一样。她是浴室鬼魂,也是疯狂的娜奥米。她不知道自己到底是需要他还是被他需要。或者她只是想吓唬吓唬他,她确实做到了。

多迪·贝拉米在她的《佛教徒》一书中,对乔纳森·弗兰岑提出了批评,因为他在小说《自由》中对一位妇女做了如下描述:"然后她等待着,嘴唇张开,眼睛里充满了无礼的挑衅,要看看她的在场,她存在的这出戏剧,是如何呈现的。以这种年轻女孩的方式,她似乎对自己挑衅的独创性深信不疑。卡茨差不多遇到过上百次完全一样的挑衅,这使他现在陷入一种可笑的境地：他为自己不能装出被激怒的反应而感到难过。令他惋惜的是，露西勇敢的渺小自我正在衰老女性的不安全感的海洋中挣扎浮沉。"贝拉米回应道："由于这本小说采用的戏剧舞台式的视角转换，我曾考虑过把这部作品布置给学生，但在读完上面这段话后，我想，他妈的一百年内我都不会让学生读……中年妇女如此轻易就会成为猎物，似乎她们就应该目光躲闪地走路，为自己的残躯而羞愧地垂下头。"然后，她给出了"一种多愁善感的丑老太婆形象，以消除恶毒的弗兰岑式观点"。

我不会在这里复制贝拉米给出的形象，但我建议你找本《佛教徒》好好读读。我要做的是跟你说说被我视作多愁善感的丑老太婆的那群人（除了她们不算真的多愁善感，也不是真的丑老太婆）。其中一些你可能早已认识了。有一段时间，我称她们为"我的好女巫"，但这名字不是太合适。要不是称呼太冗长，我可能会称她们为"我心中的多重性别化母亲",这也是诗人达纳·沃德[1]在他令人惊叹的长诗《母亲们的肯塔基》中对每个人的称呼,从艾伦·金斯堡、巴瑞·曼尼洛[2],到他的父亲、祖母、童年时的邻居,再到薇诺娜·赖德在电影《希德姐妹帮》中的角色、埃拉·菲茨杰拉德[3]、雅各布·冯·贡滕[4],最后到他的生母。这首诗完成了几乎不可能完成的壮举,构建了一种狂热的母系宇宙学,同时破除了对母性的盲目崇拜,甚至将这一类别清空了,并最终慨叹道:"但'母亲'真的准确吗? / 我应该用'歌手'来代替吗?……像我这样将这些人称作我的母亲,这样做好吗?这种行为谨慎吗?如果是的话,我是否在我的歌声中表达了恭敬?"

---

[1] 达纳·沃德(Dana Ward, 1949—),美国诗人。
[2] 巴瑞·曼尼洛(Barry Manilow, 1943—),美国歌手。
[3] 埃拉·菲茨杰拉德(Ella Fitzgerald, 1917—1996),美国爵士歌手。
[4] 瑞士小说家罗伯特·瓦尔泽(Robert Walser, 1878—1956)笔下的角色。

我大学时的女性主义理论教授名叫克里斯蒂娜·克罗斯比。我在她的课上非常用功，她却给了我一个 A-。我当时不明白，但现在懂了。我当时一直在寻觅我的知识分子母亲，不自觉地倾心于这种严厉的、非母性的类型。克里斯蒂娜会骑着摩托车或时髦的公路自行车来上课，她把头盔夹在腋下冲进教室，头发和脸颊上留有新英格兰秋日的痕迹，每个人都会因害怕和渴望而颤抖。我现在每次上课时总会想起她的出场，比如她总是稍迟一步才出现（却不会真正地迟到），从不会成为第一个到场的人。她容光焕发，气质优雅，并带着些 T 的气质。这种气质既不强硬，也不温柔，是她特有的 T 的气质：金发、学术、运动风、头发凌乱。

克里斯蒂娜也和我一样有个习惯：在刚上课的前几分钟，说话时会羞得脸色通红。这并没有减少她酷的程度。事实上，这反倒让我们觉得她内心火热——这也许与她对加亚特里·斯皮瓦克[1]或康巴希河团体[2]难以抑制的热爱有关。事实也确实如此。因为她的脸红，现在当我在课堂上遇到此类情况时（几乎一直遇到），也不会感到非常羞愧。

最终，克里斯蒂娜和我成了朋友。几年前，她给我讲了一个课堂上的故事，在那堂女性主义理论课上几乎发生了一场政变。在课上，学生们想要一种有别于圆桌讨论的教学形式，这也符合长期以来的女性主义传统。他们对她教学中的后结构主义精神感到失望，也厌倦了对身份的拆解，厌倦了听到在福柯式的世界中，一个人所能做到的最大抵抗就是去避开必然掉入的陷阱。于是，他们为了抗议而走出教室，转而在一个私人场合上课。他

---

[1] 加亚特里·斯皮瓦克（Gayatri Spivak, 1942— ），印度学者，文学理论家和女性主义者，被认为是当今最有影响力的后殖民主义知识分子之一。
[2] 康巴希河团体（Combahee River Collective）是1974年至1980年在美国波士顿活跃的黑人女性主义女同性恋社会主义组织。该团体认为，白人女权运动和民权运动都没有满足她们作为黑人妇女，更具体地说，作为黑人女同性恋者的特殊需求。

们邀请她作为嘉宾参加。克里斯蒂娜告诉我，当人们到达时，一个学生递给每个人一张索引卡，要求他们在卡片上写下自己所认同的身份，然后把卡片别在自己的翻领上。

克里斯蒂娜感到很屈辱。像巴特勒一样，她一生都在将身份复杂化、解构身份，并教会别人做同样的事情。而现在，她就像掉进了地狱的某一层，有人递给她一张索引卡和一支记号笔，并要求她在卡片上写下一个荷马式的修饰语。被彻底打败的克里斯蒂娜只好写下"贝贝的情人"。（贝贝是她的狗，一条调皮的白色拉布拉多。）

当她给我讲这个故事的时候，我浑身发抖，不仅因为这些学生的做法，还因为我想起了当我还是她的学生时，我们都希望她能以更公开、更清晰的方式出柜，但她的不情愿让我们无比失望。（实际上，我本人并没有那么失望。有些措辞或讨论感觉更像是逼你妥协或歪曲你的意思，而不是让你说出内心的想法。我一直能与对此表示拒绝的人共情。

但我也理解其他人为什么感到失望，我也能与他们共情。）她的学生因为她对自己个人生活的守口如瓶感到失望，但这并没有减少他们对她的渴望，诸如"克里斯蒂娜·克罗斯比的皮裤让我欲火焚身"这样的句子经常出现在校园的水泥路上。她的守口如瓶很可能反而加剧了火势。（克里斯蒂娜后来向我承认，她知道这些写在地上的粉笔字，而且这些字句让她非常高兴。）

但随着时代的变化，克里斯蒂娜也不一样了。她和一位更年轻、更激进的学者走到了一起。那位学者对酷儿议题和自己的酷儿身份更直言不讳。像大多数学术界的女性主义者一样，克里斯蒂娜现在教的课程是"性别和性研究"而不是"女性研究"。也许最让我感动的是，她正在写自传——这是在她还是我的导师时做梦都不会想要做的事。

那时候，她说她愿意做我的论文导师，因为我的认真给她留下了深刻的印象。但她非常清楚地表示，她对我支持将个人生活公之于众的观点并不认同,事实上,甚至有些排斥。我感到很羞愧,但并不气馁(这可以算是我的修饰语吗?)。我在她指导下撰写的那篇论文题为《亲密关系的表演》。我并不是说"表演"这个词与"真实"相对立,而且我对任何形式的骗术都不感兴趣。当然,有一些人以欺诈、自恋、危险、压迫或令人毛骨悚然的方式来表演亲密关系,但这不是我文章中或我现在想说的那种表演。我的意思是,写作将我们为别人或者依靠别人而存在[1]的方式戏剧化。这种戏剧化不限于个别情况,而是从始至终都存在。

谈到我自己的写作,如果我坚持认为有人格面具或表演性在写作中起作用,那并不是说我在写作中不是我自己,或者我的写作在某种程度上不是我。我同意艾琳·迈尔斯的观点——"我肮脏的秘密一直是:这当然与我有关。"然而,最近我感到自己被一种新的

---

[1] 引自朱迪斯·巴特勒。

反讽淹没了。自始至终，我都在试验着将个人生活公共化，但如今每过一天我就看到自己与社交媒体变得更疏远，而它们正是这种公共化最盛行的地方。瞬时的、未经校正的、数字化的自我暴露是我最大的梦魇之一。我很确定，我的性格太懦弱，经受不住在脸书上曝光的诱惑和压力。而我也着实惊讶于有这么多人（或者说除我以外的所有人）可以毫不费力地承受这一切。

何止是承受，简直是庆祝，无畏地挑战其极限，仿佛理所当然。在《佛教徒》这本根据博客文章创作而成的书中，多迪·贝拉米赞扬了诗人杰基·王的博客，后者曾将自己在安眠药的影响下支离破碎的想法发表在博客上："早上六点，你好。越来越困，因为我服用了一颗安眠药，开始语无伦次。但安眠药的好处是，你可以写啊写啊写，因为你根本不在乎，这对为了说话而需要的放松很有好处……我本来想写一些重要的东西，但我看不懂我自己的笔迹，而且我看东西时会产生幻觉。"在理智上,我和多迪一起,在为杰基加油。但在内心深处,我做着感恩的祈祷:在连上无线网络之前,我就已经清醒,这真是一种恩典。

我还没有真正想清楚这一点(为了向王致敬?),但当我想到自己那更"个人"的写作时,我一直看到的是那个老街机游戏《打砖块》。我看到游戏中扁平的光标在屏幕底部滑动,把小黑点弹回上方厚厚的彩虹色砖块上。每当小黑点撞上砖块,它就会吃掉一大块颜色,直到最后吃掉足够多的颜色来"突围"。突围成功让人激动,因为这成功的先声是过程中所有的三角定位,所有的单调重复,所有的努力、障碍、形状和声音。我要将彩色砖块慢慢凿开,让小黑点一点点吃掉颜色。接着,我需要偶然降临的成功突围,使躁动的点冲上天空。

在克里斯蒂娜的女性主义理论课上,我们还读了伊利格瑞的名篇《当我们的阴唇一起说话》。在这篇文章中,伊利格瑞通过关注阴唇的形态来批判一元和二元的思维方式。它们是"非一的性"。不是一，也不是二。它们构成了一个总是自我触摸的圆圈，一个自体性欲的圣光轮[1]。

这个画面立刻触动了我，让我感到怪异又兴奋，还有一点尴尬。它让我想起一个事实：很多女人只要在巴士上、椅子上或其他地方把腿紧紧靠在一起就能产生快感（我有一次在休斯顿电影论坛影院排队看《柏蒂娜的苦泪》时就这样做过一次）。当我们在课堂上讨论伊利格瑞的时候，我试着去感受我的那个圆圈。我想象着班上的每个女性也在努力地感受它。但问题是，你无法真正感受到你的阴唇。

我们容易对多元性或多重性这样的概念感到兴奋，并会开始赞美所有与之类似的东西。塞吉维克对这种草率的赞美有些不耐烦。相反，她花了很多时间来讨论和书写那些多于一、多于二，但少于无限的东西。

---

[1] 圣光轮（mandorla），圣像画中人体周围发出的椭圆形灵光，此处应指其形状与阴唇相似。

这种有限性是很重要的。它使得塞吉维克作品中那些召唤"多元化与细节化"（巴特："应该做的,是不停地使事物多元化、精细化"）的伟大咒语与号召成为可能。这是一项需要专注（甚至坚定决心）的活动,它的严谨性使其成为一种热情。

在怀上伊基的几个月前,我们去看了一部由朋友 A. K. 伯恩斯和 A. L. 斯坦纳拍摄的艺术色情电影。你当时感到很孤独,渴望一种群体感,渴望认同。与你曾在旋金山市中心体会过的那种意气相投、DIY 的酷儿场景不同,洛杉矶的酷儿场景就像这里的其他事物一样：被交通和高速公路分割,在拉帮结伙到令人窒息的同时又松散到让人困惑,难以理解,难以领会。

这部名为《群体行动中心》的电影相当棒。你喜欢它狂热的多样性和荒诞性,尽管影片对阳物的排除让你感到困惑,因为你觉得女性这一类别应该有足够的空间来容纳它——"就像儿童恐怖故事里吃了底特律的那团怪物",你说道。我同意,但我想知道,如果阳物总是试图占有一席之地,那么如何为非阳物留出空间呢?"这些术语在谁的世界里是相互排斥的呢?"你说,正当地激动了起来。"形态学的想象在谁的世界里被界定为不真实?"

在我最喜欢的你的一幅画里,有两根冰棒在互相交谈,一个指责说:"你对幻想比现实更感兴趣。"另一个回答说:"我对我幻想的现实感兴趣。"两根冰棒在同时慢慢地融化着。

电影结束后,屏幕上闪现出一条临别献词:"献给酷儿中的酷儿。"观众鼓起了掌,我也鼓起了掌。但在内心深处,这段献词就像在播放完一首伟大的歌曲之后,唱针别扭地从唱片上移开留下的难听声响。究竟发生了什么?差异在蔓延[1],究竟是怎么了?我努

---

[1] 引自《软纽扣》。

力抓住电影中我最喜欢的内容,一些极漂亮的性爱画面。真的,我现在就只记得这些画面。那个把羽毛缝在屁股上的女孩漂亮得不同寻常,她对性的态度让我想起了自己,我说不上来,却被打动了。这些场景为我打开了那扇小门:我认为我们拥有而且可以拥有自由的权利。[1]

我收集这些时刻。我知道它们握着一把钥匙。对我来说,这把钥匙最开始是否必须留在锁里并不重要。钥匙在窗上,钥匙在窗台的阳光里……钥匙在栏杆上,在窗上在阳光里。[2]

在大厅里,一个朋友抱怨说,这部电影的副标题应该叫《翻滚的男人婆》(估计是一种侮辱),其中的性内容让他感到很恶心。"呸,为什么我们要盯着那么多毛茸茸的下体看?"听到这话,我悄无声息地溜到了饮水机旁。

---

[1] 引自法国哲学家米歇尔·福柯(Michel Foucault)。
[2] 引自《金斯堡诗全集》。

与凯瑟琳·奥佩的许多作品一样,《自拍像／割口》(1993)——她在背上割出了血淋淋的简笔人物——是在一系列作品的语境中获得意义的。奥佩之前还用装饰性字体在胸前刻了"变态"(Pervert)一词,并在一年后将其拍摄成照片。《自拍像／割口》的粗糙画像恰好与之构成了一种对话。同时,这两幅作品又与奥佩的其他一些作品构成了对话关系。例如,她1995至1998年间拍摄的系列作品《家庭》,呈现了各种不同的女同性恋家庭,娃娃脸的哈里还在其中露过脸;以及,奥佩在《自拍像／变态》完成的十年后,即2004年,拍摄了《自拍像／看护》。在这张自拍像中,奥佩抱着她的儿子奥利弗,看着他吃奶,而她胸前的"变态"疤痕仍然可见,尽管已经模糊不清。这道鬼魂般的疤痕给出了一个有关同性恋式母性的图形字谜:变态者不需要死,甚至不需要躲起来,但成年人的欲望也不需要强加给孩子,使其成为孩子的负担。

这种平衡令人钦佩，而且并不总是容易维持。在最近的一次采访中，奥佩说："在全职教授、艺术家、母亲和伴侣这些身份之间，我并没有那么多时间去探索和实践各种（SM）玩法……另外，当你突然要照顾一个孩子时，你的大脑不太容易切换到'噢，现在我要伤害某个人'的模式。"

这段话颇令人深省，我只是标记出来留着让你认真思考。然而，你思考时，需要注意的是，模式转换的艰难或拼命争取时间的努力与本体论上的非此即彼是两回事。

当然，成年人有充分的理由不愿让人看到自己的身体，其中之一是一个简单的美学事实，即成年人的身体对儿童来说可能是丑陋恶心的。

伊基五个月大的时候，我们带着他去看我好朋友的空中飞人表演，但在门口被一名快乐的澳大利亚保镖拦了下来，他告诉我们这场表演的观众必须年满十八岁。我告诉他，我并不担心绑在我胸前睡觉的五个月大的孩子会面对我最好朋友的粗口和裸体。他说，问题不在于宝宝自己，而是其他人看到他后会想起自己的孩子，他们可能把孩子留在家里了。而这会让他们忘记这个成人逍遥夜，会破坏夜总会的氛围。

我完全赞成成年人的夜生活，也非常喜欢夜总会的氛围。我提到这件事也不是为了争论可以随处携带婴儿的权利。我想让朋友来做决定，因为是她邀请了我们，但我猜正是这点让我感到恼火。从保镖那里，我体会到了（是我偏执？他只是在做他的工作而已）苏珊·弗莱曼提到的那个幽灵，"一种英雄式的男同气质成了酷儿特质的代言人，而这一特质'未被具有生育能力的女性特征污染'"。

为了对抗这种局面，弗莱曼阐述了同性恋式母性的概念，她在一篇文章中对此进行了详述，并通过弗洛伊德臭名昭著的"狼人"案例进行了阐释。在该案例中，一个成年男子（被后世熟知的"狼人"）告诉弗洛伊德，当他还是一个小男孩,甚至可能只是一个婴儿的时候,好几次看到他的父母做爱是从后面进入的。"男人直立着,女人像动物一样弯下腰。"(也许值得注意的是,狼人讲出这段记忆是因为受到了诱骗,并不是在主动倒苦水。)弗洛伊德说,狼人"能够看到他父母的生殖器,而且他理解这一过程及其意义"。他还认为,狼人"一开始就假定……他见证的事件是一种暴力行为,但他在母亲脸上看到的享受表情与他的假定不符。他不得不承认,整个过程代表的是一种满足"。

然而,当弗洛伊德去解释这个场景时,母亲的生殖器消失了。母亲变成了"被阉割的狼,它让别的狼爬到它身上",而父亲则是那只"爬上去的狼"。这并不令人惊讶——正如温尼科特(还有德勒兹等人)指出的,弗洛伊德的职业生涯有时似乎是一连串对理论概念的沉迷,这些理论概念故意消灭了细微的差别。(或者说故意消灭了现实:弗洛伊德后来表示,这个男孩可能看到了牧羊犬在交配,并把这个画面安在了他父母的身上,因此弗洛伊德要求读者"和我一起暂时相信这一场景的真实性"。这种坦率承认的向暂时性的偏移,是阅读弗洛伊德的一大乐趣。当他屈服于——或者说我们屈服于——掌控的诱惑,而不是提醒自己我们一直深陷在暂时性之中,那么问题就出现了。)无论如何,在他写《狼人》的时候,弗洛伊德一直强调的主题是阉割情结。这种情结要求女人"一无所有",即使相关证据证明了相反的结论。

弗洛伊德并没有无视狼人在他母亲脸上注意到的满足,但他确实把它扭曲得面目全非。他提出,看到被阉割的母亲以这种方式交媾,并沉浸在享受中,使狼人产生了一种原始的、不稳定的恐惧,"这种恐惧呈现为一种对自身男性器官的担忧,它对抗着一种满足感,而这种满足感的实现似乎与对这一器官的舍弃有关"。弗洛伊德这样总结此种心理症结:"我们也许可以(替狼人)这样对自己说:'如果你想从父亲那里得到性满足,你必须让自己像母亲一样被阉割,但我不会这样做。'"

我不会这样做:对弗洛伊德来说,"这样做"意味着被阉割——无论为了获得什么样的满足,这代价都显然太大了。然而,对于一些在弗洛伊德之后的酷儿理论家来说,"这样做"完全是另一种东西:从父亲那里得到性满足的欲望。在这种情况下,男性生殖器没有被舍弃,反而被多重化了。这种解读将狼人对其父母做爱的记忆视为一种原始的、间接表达的男同性幻想,一种原始的同性恋场景。[1] 在这种情况下,狼人后来对他父亲的恐惧不是对阉割的恐惧,而是在一个"不会这样做"的世界里,对他自己的同性恋欲望的恐惧。

这种解释具有一定的吸引力和价值。但是,如果为了做出这种解释就故意把女人的生殖器抹去,而且将她的快感扭曲成一则有

---

1 转述自李·埃德尔曼(Lee Edelman)。

关阉割之祸的劝诫性故事，那么这就有问题了。（经验法则：当人们为了达到某种目的而故意抹去一些事物时，这通常都是有问题的。）因此，弗莱曼的目的是将母亲的快感放回到这一场景中，并强调她（"哪怕是作为母亲"）有权获得"非规范性、非生育性的性行为，超出责任性、工具性的性行为"。拥有这种权利的妇女便是同性恋式母亲。

为什么我花了这么长时间才找到一个与我的"变态"行为不仅相容，而且完美匹配的人？当时和现在一样，你用双腿分开我的双腿，进入我的体内，用你的手指填满我的嘴。你佯装出一副利用我来泄欲的样子，但实际上也确保我能获得自己的快感。不过说真的，这不仅是一种"完美的匹配"，因为"完美的匹配"意味着一种停滞。而我们总是处于移动与变化之中。无论我们做什么，总是感觉下流却不觉得厌恶。有时言语也是其中的一部分。我还记得不久前在威廉斯堡的夜晚，在朋友空旷的四楼画室中（她出城了），我一丝不挂地站在你身旁。外面的建筑工人比以往更多，这次是在街对面建造某种豪华的高层建筑，照明灯塔发出的橙色光束和其造成的阴影淹没了整个画室。当时，你让我大声说出我希望你对我做什么。我全身挣扎着，试图召唤出任何能够说出的言语。我知道你会对我说的照做不误，但我觉得自己仿佛站在一座大山面前，终生不愿说出自己想要的东西，也不愿索要它。现在你在这里，你的脸紧贴着我，等待着。我最终找到的词可能是"阿尔戈"，但现在我知道了：用自己的嘴巴说出这些是无可替代的。

A.L. 斯坦纳 2012 年的装置艺术作品《小狗和婴儿》充分展示了什么是同性恋式母性。这部无政府主义风格的、色彩斑斓又欣喜若狂的快照集，是从她的私人材料中挑选出来的。内容是她的朋友们在各式各样的公共和私人场合与狗狗和婴儿之间的亲密接触。斯坦纳说，这件装置作品起初是一个玩笑，它来自这样的事实："我有时会发现自己在拍摄狗和婴儿，这样做是为何呢？他们是我'作品'的一部分吗？他们是如何与我那些经常被贴上高雅标签的作品（以装置作品为主，面向成熟观众，政治性意味，等等）融合到一起的？"

这都是些有趣的问题。然而，我在看《小狗和婴儿》时并没有想到这些问题。我想这是因为将这些随意的快照（拍摄对象是"可爱"的小狗和婴儿，以及它们的看护者和伙伴）与"高雅"的艺术对立起来的枯燥二元论，已经让我感受到来自主流群体的恶臭信息：有时是不可避免的，但最好别去闻。［见《纽约时报书评》2012年母亲节封面文章，它是这样开头的："没有什么主题能比母爱生产出更多糟糕的写作……公平地说，关于孩子的东西很难写好。你知道为什么吗？因为他们并不那么有趣。真正有趣的是，尽管生养过程中95%的工作都无聊得令人头疼，但我们还是继续养育着孩子。"鉴于地球上几乎每个社会都在宣传养育孩子是通向有意义人生的(可能是唯一的)途径(其他的都是安慰奖),也鉴于大多数社会还设计了各种或微妙或令人震惊的方式来惩罚那些选择不生育的妇女,养育孩子怎么可能会真正吸引人呢?〕

《小狗和婴儿》是祛除这种讥诮的一剂良药,它将同性恋式的父母身份、各种类型的照护和物种间的爱欢乐地融为一体。在一张照片中,一个裸体女人在同时给两条狗喂食。在另一张照片中,画家塞莱斯特·迪普伊-斯潘塞和她的狗一起蹲在湖边,似乎在盘算着一段漫长的旅程。照片中的宝宝们有的刚出生,有的在哭喊、嬉戏、骑小拖拉机,还有的在捏乳头或被抱在怀里。多数照片中的母亲都在哺乳。其中一个母亲令人难以置信地在哺乳的同时做着倒立。另一个母亲则在海滩上哺乳。怀有身孕的亚历克丝·奥德[1]穿着

---

1 亚历克丝·奥德(Alex Auder, 1971—),美国演员、制片人。

紧身皮衣，假装在生一只充气海龟。在一张照片中，一条狗骑在一只玩具老虎身上。而另一张照片中的狗狗，身上则缀满了橙色的花朵。另外，还有两个孕妇撩起了她们的太阳裙，把赤裸的腹部抵在一起揉搓着，好似一种友好的摩擦癖。

喜欢婴儿的人可能会被婴儿照片所吸引，喜欢狗的人则会被狗的照片吸引，但每幅作品占据的墙面空间大致相同，这让物种间的爱和人与人之间的爱处于平等的位置。（有些照片里既有小狗又有婴儿，在这种情况下，没有必要二选一了。）虽然作品展示了很多怀孕的身体，但这种身体崇拜的狂欢仪式显然向任何想加入的人开放。毫无疑问，建立性别酷儿家庭（以及爱护动物）的一大优点，就是揭示了关爱可以脱离——以及依附于——任何性别和任何有感知能力的生命。

看着这场庆典，我实在纳闷弗莱曼的同性恋式母性还有什么可修正的。对女性主义者来说，政治上很重要的一点是淡化生育的色情性,以便为其他场合的色情性腾出空间(即"我做爱是为了获得高潮,而不是为了怀孕"),但《小狗和婴儿》避免了这种分裂。相反,我们在怀孕和没怀孕的身体中,在哺乳时,在与狗一同于水中裸泳时,在皱巴巴的床单上放荡欢愉时,在日常的关爱和见证——甚至包括斯坦纳的摄影机的色情见证——中,都可以发现这些混乱喧闹的反常行为。(如果你和克斯滕鲍姆一样有快乐的好色心理,"如果我参观了一个没有裸体的摄影展,那我认为这次参观纯属浪费",那么你就来对地方了。)

《小狗和婴儿》中出现的某些主体可能不算酷儿,但这并不重要:该装置使他们成了酷儿。我的意思是说,这一作品参与了酷儿构建自己家庭——无论这家庭是由同辈、导师、恋人、前恋人、孩子还是非人动物组成的——的漫长历史,它将酷儿家庭的建立呈现为一个总类别,而生孩子可能是其中一个子集,并不与之相悖。它提醒我们,任何身体体验都可以变得新奇和陌生,我们在这一生中所做的任何事都不是一成不变的,没有一套习俗或关系可以垄断对激进和规范的定义。

在我看来,同性恋本位是同性恋非罪化的一个自然结果:一旦某种东西不再是非法的、可被惩罚的、病理化的,或不再被用作不公正歧视或暴力行为的合法依据,它也将同样不再能够代表或提供颠覆性的、亚文化的、地下的和边缘的东西。这就是为什么像画家弗朗西斯·培根这样的虚无主义变态竟然说,他们希望死刑仍然是针对同性恋的惩罚,这也是为什么像布鲁斯·本德森[1]这样反叛的恋物者会在罗马尼亚等国家进行同性恋冒险。在那些地方,一个人仅仅因为追求同性就会被监禁。"我仍然把同性恋视作一种都市冒险叙事,一个不仅能消除性别隔阂还能跨越阶级和年龄藩篱的机会,而在这个过程

---

[1] 布鲁斯·本德森(Bruce Benderson,1946—),美国作家。

中，需要违反一些法律，但这都是为了获得快感。如果不是这样，我还不如当个直男呢。"本德森说。

在这样的叙事前，以下两种情况实在让人下头：艰难地穿越因骄傲游行产生的危害环境的垃圾，以及听到查兹·波诺与戴维·莱特曼笑咯咯地谈论他如何因注射睾酮而变成女友眼中的混蛋——她仍然要求他用原来那种可怕的女同/女人的方式"弄"上几个小时。查兹因为很多原因赢得了我的尊重，其中最重要的是他愿意向准备谩骂他的观众说出自己的真相。但他急于认同（即使是策略性的）一些对直男和女同最糟糕的刻板印象，这让人很失望。（"大功告成。"莱特曼讽刺地回答道。）

人与人是不同的。[1] 不幸的是，成为发声者的动力总是试图抹杀这一事实。你可能声称你所说的只代表你自己，但你在公共领域

---

1 引自塞吉维克。

的绝对存在会开始将差异凝结到一个单一个体身上,而压力也随之开始剧烈地压向这一个体。想想当社会活动家/演员辛西娅·尼克松将她自己的性体验描述为"一种选择"时,一些人是多么惊恐。但是,我无法改变自己,即使我尝试了,[1]这对一些人来说可能是首真实、感人的颂歌,对另一些人来说却只不过是首蹩脚歌曲。在某种程度上,帐篷可能需要让位给空地。

以下是凯瑟琳·奥佩在接受 *Vice* 杂志采访时说的话:

> 采访者:呃,我认为你从 SM 人士摇身一变成为母亲——你所有的新照片都与这些幸福的家庭场景有关——这在某种程度上令人震惊,因为人们希望这两种东西保持距离。

---

1 引自美国歌手玛丽·兰伯特(Mary Lambert)。

奥佩：他们确实希望这两种东西保持距离。所以基本上，被同质化和成为主流家庭生活的一部分，对我这样的人来说是一种越界。哈。这个想法非常有趣。

对她来说，也许很有趣，但对那些担忧同性恋本位的兴起以及它对酷儿性的威胁的人来说，就不那么有趣了。但是，正如奥佩在这里所暗示的，规范/越界的二元对立是不可持续的，而要求任何人都过上相同的人生也同样如此。

有一天，我在广播中听到一个人在谈论史前时代的住所，以及与鸟类这样的动物相比，人类搭建住所的方式有何独特之处。区别不在于对装饰的偏好（鸟类在这方面确实有优势），而在于空间的分隔。我们在不同的区域做饭、排泄和干活。并且，显然会一直如此下去。

这个从广播节目中获得的简单事实突然

让我对自己的物种有了归属感。

我听说,当年丽塔·梅·布朗[1]曾经试图说服其他女同性恋者放弃她们的孩子,以便全身心投入到平权运动中。但一般说来,即使在最激进的女性主义和/或女同分离主义者的圈子里,也一直有孩子存在(切丽·莫拉加、奥德丽·洛德、阿德里安娜·里奇、卡伦·芬利、"造反猫咪"乐队……这个名单可以一直列下去)。然而,这种将女性气质、生殖和规范性与男性气质、性欲和酷儿抵抗对立起来的陈腐二元论[2],没有随着各种酷儿父母的兴起逐渐消失,反而在最近达到了顶峰,常常摆出一副孤注一掷的态度,要同时反对同性恋本位和异性恋本位。在其论战著作《没有未来》中,李·埃德尔曼认为,"'酷儿性'给不'为孩子而战'的一方命了

---

[1] 丽塔·梅·布朗(Rita Mae Brown,1944—),美国女性主义作家。
[2] 引自苏珊·弗莱曼。

名,这些人游离于共识之外,而所有的政治正是通过这一共识来确认生殖未来主义的绝对价值"。去他的社会秩序和那个被拿来集体恐吓我们的孩子,去他的安妮,去他的《悲惨世界》中的弃儿,去他的网络上受惊无辜的孩子,去他的各种烦琐的法律,去他的象征关系网络和作为其支柱的未来。[1] 或者,借用一位酷儿艺术家朋友更简洁的口号:不要生产,不要生育。

我知道埃德尔曼说的是用来威胁我们的"孩子",而不是实际生活里的孩子,我知道我的艺术家朋友可能更关心的是扰乱资本主义的现状,而不是禁止生育行为。每当我听到将"保护孩子"作为制定各种罪恶的行动计划的理由,从给幼儿园教师配备武器到向伊朗投掷核弹,从摧毁所有的社会保障制度到开采和燃尽世界上仅存的化石燃料,我都想要把棍子戳进某人的眼睛里。但是,既然

---

[1] 引自李·埃德尔曼。

我们可以痛骂躲在这个"孩子"形象背后进行动员的特定力量,那为什么还要去骂这个"孩子"呢?生殖未来主义不需要更多的门徒了。但躲在"没有未来"的朋克诱惑中取暖也是不够的,这样就好像我们能做的就是坐视那些不劳而获的富人和贪婪之徒毁掉我们的经济、气候和地球,并对着妒忌的蟑螂大声呼号它们是多么幸运,可以获得这盛宴上掉落的些许碎屑。我说,去他们的吧。

也许是由于对生殖未来主义颇有微辞,我总是对那些写给或献给宝宝(无论是出生还是未出生)的文字感到有点害怕。我知道,写下这些文字无疑是出于爱。但接受者根本不识字——更不用说从写下这些文字的时刻到孩子长大到足以读懂它们之间还有着一段时间差(假设这个孩子会成长为成年人,并维持与父母的联系)——这突显了一个令人沮丧的事实,即这种关联即使可以达成,也永远不可能通过写作以一种简单的方式达成。

让一个小小的人类从刚出生就卷入这种困难，这种挫折，真使我害怕。然而，有些特例无可否认地打动了我，比如安德烈·布勒东在《疯狂之爱》中写给他尚在襁褓中的女儿的信。布勒东的异性恋浪漫主义一如既往地让人难以接受。但我喜欢他写给女儿的甜蜜保证："在一种对自身确信不疑的爱中，一个男人和一个女人希望你来到这个世界上，就在这一刻，你被认作一种可能性，一种确定性。"

为了怀上孩子，我们一次又一次地进行人工授精。我爬上冰冷的检查台，忍受着导管穿过子宫颈狭缝的刺痛，感受着解冻的精液直接注入子宫时那熟悉的抽痛。一个月又一个月过去了，你一直握着我的手，在奉献，在坚守。"他们可能灌的是蛋清。"我说，眼泪涌了出来。"嘘，"你小声说，"嘘。"

在进行最初的几次人工授精时，我带了一个装着护身符的书包。有时，护士调暗灯光并离开房间后，我让自己达到高潮时你会抱着我。这举动无关浪漫,而是为了把精液样本往上吸(尽管我们知道它已经达到了它能达到的极限)。然而,随着时间的推移,我开始把这些护身符留在家里。最后,我觉得手里能拿着正确的书去上课就算幸运了。所有那些凌晨的体温测量、无法读懂的排卵预测试剂盒、对排出我身体的每一块"螺旋状"排泄物的漫长检查,以及经血留下的第一块污迹带来的强烈绝望,都让我焦头烂额。

这昂贵又无效的方法让我们很失望,在一位高尚的朋友慷慨地答应做精子捐赠者后,我们又用非常规的方式尝试了几个月。冰冷的金属桌换成了我们舒适的床,昂贵的玻璃小瓶换成了朋友的免费样本。他把样本放在我们浴室的一个玻璃罐子里,这个罐子曾经装的是保罗·纽曼牌墨西哥辣酱。

有一个月,捐赠者朋友告诉我们,他必须出城去参加大学联谊会。由于不想浪费这个月的卵子,于是我们又回到了精子银行。我们通过超声波跟踪卵子的进展:它看起来圆鼓鼓的，很漂亮，准备在傍晚时从卵泡中冲出来。但到了第二天早上，依然没有任何迹象，甚至没有任何一丝液体从破裂的囊中流出。我感到非常沮丧，希望渺茫。但是哈里（永远的乐观主义者！）坚持认为可能还来得及。护士也表示赞同。我知道自己有一个坏习惯，就是在认为自己迷路后，还没尝试自己找回原路就会先从高速公路的某个出口开出去，所以又一次，我决定听从他们的建议。

（单身女性或女同性恋的母亲身份）可以被看作为拒绝象征性而采取的最暴力的形式之一……也是对母性力量最狂热的神化之一——所有这些都不可避免地给整个法律和道德秩序带来麻烦，却没有提出任何替代这一秩序的方案。[1]

鉴于目前三分之一的美国家庭是单身母亲家庭（人口普查甚至不过问两个母亲或其

---

[1] 引自法国思想家朱莉娅·克里斯蒂娃（Julia Kristeva）。

他形式的亲属关系——如果家里有人被称为母亲但又没有父亲,那么你的家庭就算作单身母亲家庭),你会觉得这一象征秩序现在将出现更多的缺口。不过,夸大其词的不止克里斯蒂娃一个人。关于这个话题更加不着边际的讨论,我推荐让·鲍德里亚的《最终解决》。鲍德里亚认为,采取辅助生殖形式(人工授精、代孕、试管婴儿等)以及避孕方法预示着我们这个物种的自杀,因为它们将生殖与性分离,从而将我们从"寿命有限、有性别的生命"变成克隆人般的永生信使。鲍德里亚认为,所谓的人工授精会"废除我们身上所有人性的、太人性的特质:我们的欲望、我们的缺陷、我们的神经官能症、我们的梦、我们的残疾、我们的病毒、我们的疯狂、我们的无意识,甚至我们的性欲——所有使我们成为特定生命体的特征"。

老实说,当我读到鲍德里亚、齐泽克、巴迪欧和其他当代受人尊敬的哲学家自以为是地谈论我们如何从滴液管(顺便说一下,没有人用这个，首选工具是口腔注射器）带来的人性毁灭威胁中拯救自己，以保护濒危的"有性别的生命"的命运时，我感到的更多是尴尬而非愤怒。所谓的"有性别的生命"，没错，他们指的是只有两种选择的性别。齐泽克如此描述"邪恶"世界中的性行为类型："2006年12月，纽约市当局宣布，选择自己性别的权利（因此，如果有必要，可以进行变性手术）是不可剥夺的人权之一——这种终极的差异，决定人类身份的'先验'差异，从而变成了可被操纵之物……'自慰马拉松'便是这种跨性别主体的性行为的理想形式。"

与决定人类身份的先验差异灾难性地疏远后，变性主体几乎算不上是人，永远陷入了一种"愚蠢的自慰式享乐"而非使人之为人的"真正的爱"。因为，正如齐泽克所认为的那样（也是在向巴迪欧致敬）："是爱，是二者的相遇，将愚蠢的自慰式享乐'质变'为一个正当的事件。"

在我们的时代，这些声音被认为是激进

的。就让我们将这些声音留给他们的爱和他们的正当事件吧。

2011年夏天，我们的身体都发生了变化。我，怀孕四个月，你，注射睾酮六个月。在难以捉摸的激素的影响下，我们出发前往佛罗里达州的劳德代尔堡，在季风季节海滨的喜来登酒店住了一个星期，以便能让一个好的外科医生给你进行一次最完美的手术，然后好好恢复。我们到达后不到二十四小时，他们就把一顶无菌的绿色帽子扣在你的头上（"派对帽子。"漂亮的护士说），然后用轮椅把你推走。你接受手术时，我在候诊室里喝着难喝的热巧克力，在电视上看着戴安娜·奈德[1]试图从佛罗里达游到古巴。那次她没有成功，即使她还罩了鲨鱼笼。但是，你成功了。四个小时后，你出现了，因为药物的作用处于麻痹状态，看起来有些滑稽。你徒劳地想

---

[1] 戴安娜·奈德（Diana Nyad, 1949— ），美国作家、记者、长距离游泳运动员。

要强装正常,时而清醒时而昏迷,整个躯干比清醒时还要动作协调,两侧都挂着引流管,引流管连接的袋子一次又一次被装满"酷爱饮料"般的血色液体。

那一周为了省钱,我们在酒店的浴室里用加热板做饭。有一天,我们开车去了一家体育用品店,买了一顶小帐篷准备搭在沙滩上,因为海边的小木屋租金太贵了。你睡觉的时候,我慢慢走到海滩上搭起了帐篷,然后想在里面读塞吉维克的《关于爱的对话》,但那里面就像一间尼龙汗蒸房,我和四个月大的胎儿都难以忍受。我的腹部早已开始凸起了,真让人开心,说不定真的会生下一个宝宝。一天晚上,我们清醒地挥霍着金钱,在泳池边喝着八美元一杯的无酒精草莓鸡尾酒。泳池里挤满购买了廉价度假套餐的欧洲游客。空中弥漫着薰衣草味的热气,夜间将有暴风雨来袭。这里总是会有暴风雨来袭。大学生联谊会的男男女女挤满了木板人行道上的每一家炸鱼店。人声嘈杂,令人厌恶,还有点吓人，但我们自带保护力场。第三天，我们开车去了世界第二大的购物中心。虽然我因为早期妊娠和令人窒息的高温而头晕目眩，筋疲力尽，而你也只是勉强吃了止痛药而已，但我们还是在里面走了几个小时。我走进了购物中心的孕妇装商店，戴上那种胶质假肚皮来试穿衣服，这样就可以看到肚子鼓起后的模样了。我挺着假肚皮，试穿了一件毛茸茸的白色羊毛衫，胸骨处有一个蝴蝶结，这会让肚子里的宝宝看起来像一件礼物。我买了这件毛衣，结果整个冬天都在家里穿着它。你买了一些宽松的阿迪达斯长裤，穿起来很性感。一次又一次，我清空你的液体袋，把血色的液体倒进纸杯，再用酒店的马桶冲掉。我从来没有像现在这样般爱你，爱你的"酷爱饮料"液体袋，爱你为了过上更好的生活、一种和风拂面的生活而勇敢地接受手术，爱你为了不碰触缝线处而靠在几个酒店枕头上打瞌睡。"国王的睡姿"，我们如此称呼它，以向《国王的演讲》致敬，那是我们在那周首次付费观看的电影。

后来,我们躺在喜来登的甜梦之床上,付费观看了《X战警:第一战》。之后,我们就"同化还是革命"这一问题争论了起来。我不是同化的强力支持者,但在电影中,每当同化派以一种拙劣的佛教徒方式去倡导非暴力和对他者的认同时,总是让我感动。你则对革命者表达了同情,他们坚称:"在他们找上你之前,做个怪胎,把他们炸飞,因为不管他们说什么,真相就是他们想让你死,如果你不这么想,你就是在欺骗自己。"

> 教授:我没办法不想着外面的那些人,所有那些我接触过的心灵。我可以感觉到他们,他们的孤独,他们的希望,他们的抱负。我告诉你,我们可以开创一项不可思议的事业,埃里克。我们可以帮助他们。
>
> 埃里克:我们可以吗?认同,就是这么开始的。最后却以被围捕、被当作

实验品和被消灭而告终。

教授：仔细听我说，我的朋友。杀死肖不会给你带来和平。

埃里克：和平从来就不是一个选项。

我们没有恶意地相互打趣，但不知何故，让自己陷入了一种无谓的二元对立。这就是我们都讨厌虚构作品，或者说至少是蹩脚的虚构作品的原因。它标榜提供了思考复杂问题的机会，但实际上已经预先确定了立场，塞进充满虚假选择的叙事，并让你入迷，使你无法看清，无法摆脱。

谈论的时候，我们使用了诸如"非暴力""融合""对生存的威胁""维护激进观点"等说法。但是现在回想起来，我只听到了我们试图向对方、向自己解释迄今为止在这个饱受摧残、深陷危机的星球上生活的经历时背景中的嗡嗡声。正如经常发生的那样，我们对被理解的强烈需求扭曲了我们的立场，把我们进一步逼入了牢笼。

"你是想让自己说得正确,还是想沟通?"全世界的伴侣问题咨询师总是这么问。

目的不是为了回答问题,而是为了摆脱,为了摆脱它。[1]

在另一天,我们不停换着电视频道,最终停在了一个真人秀节目上。内容有关一位乳腺癌患者,她正从双乳切除手术中恢复。看着她做着和我们一样的事情——清空她的液体袋,耐心等待拆线——情绪却截然相反,这真是不可思议。你毫无负担,欣喜若狂,重获新生。而真人秀里的女人呢?恐惧,哭泣,悲痛。

在喜来登酒店的最后一晚,我们在酒店内的"双道"餐厅用餐,这是一家有着"休闲墨西哥风格"的餐厅,价格高得令人咋舌。你被看作男人,我则被看作孕妇。侍者兴高

---

[1] 引自德勒兹和帕尔奈。

采烈地对我们讲述他的家庭情况,并对我们的家庭表示祝福。表面上看,你的身体似乎正变得越来越"男性",而我的身体正变得越来越"女性"。但是内在的感觉并非如此。在内心深处,我们是两个正在彼此身边经历转变的人形动物,见证彼此的变化。换句话说,我们正在衰老。

许多女性把顺产婴儿的感觉描述为拉出了她们一生中最大的一泡屎。这不算是一个真正的比喻。肛门和阴道紧贴在一起。它们也与性有关,但此性非一。便秘是怀孕的主要特征之一:成长中的婴儿使下腹肠变形并受到挤压,改变了粪便的形状和流量,甚至让你的粪便看起来不像是真的。在怀孕后期,我惊讶地发现,我的大便被排出时已经变成了圣诞树装饰球的形状。后来,在整个分娩过程中,我根本不能排便,因为我非常清楚,排便会让我的下体一下子完全崩开。我还知道,当我放松控制开始大便时,宝宝可能会一起出来。这样做将意味着无休止地跌落,最终粉身碎骨。

分娩前,我在妇产科诊室浏览了怀孕杂志的问答部分。我了解到,有很多妇女对大便和分娩有一种相关但又不同的担忧(要么是事实,要么就是杂志编辑编造的,用作一种心理投射宣传):

问:如果我丈夫看着我分娩,他怎么还能觉得我性感呢?因为他已经看到我不由自主地排便,还看到我的阴道竟然容纳了一个婴儿的脑袋?

这个问题让我感到困惑。它对分娩的描述并没有让我觉得与性爱过程中发生的事情有太大的区别,至少就某些性爱过程,或者说大部分我之前觉得很满意的性爱过程来说是这样的。

没有人问:"一个人如何忍受无休止地跌落,忍受粉身碎骨?"这是来自内心的发问。

从佛罗里达回来后的几个月里,新激素和皮肤上新的舒适感汹涌而来,你一直想做爱,而我的身体快速地跃进了无法做爱的阶段,因为我不想让来之不易的胎儿流产。每当我转头,就会头晕目眩地瘫在床上——无休止地跌落——所有的触摸都开始变得让我恶心,仿佛皮肤的每一个细胞都在呕吐。

风吹拂时或手指接触时,激素会让皮肤的感觉从兴奋变成恶心,这件不可思议的事超出了我的理解。相比之下,心理学里那些不可思议之事就显得苍白许多了,就好像进化论比《创世记》在精神上给我带来的影响要深远得多。

无论是对自己还是对彼此来说,我们的身体都变得越来越陌生。你的身体在新的部位长出了粗糙的毛发,新的肌肉在你的髋骨上蔓延开来。我的乳房已经疼痛了一年多,虽然现在不痛了,但我仍然感觉它们不属于我(由于我仍在哺乳,从某种意义上说,它们确实不属于我）。好多年来，你一直在做强硬的T。现在，只要你想，你就会脱掉衬衫，露出肌肉发达的上身进入公共场所，去跑步，甚至去游泳。

通过注射睾酮，你经历了欲望的涌动，一种青春期般的萌发，性欲从你心灵的迷宫中冲出来，像棉白杨的杨絮一样被暖风吹散开来。你喜欢这些变化，但也觉得它们是一种妥协，是为可见性下的赌注，就像你画的那个鬼魂，他大喊道："如果没有这张纸，没人能看见我。"（可见性带来了可能性，但也是一种约束：约束性别，约束类别。）经由怀孕，我第一次持续接触下垂的、缓慢的、疲惫的、残疾的自己。我之前一直以为，分娩会让我感到自己是不可战胜和丰裕充实的，就像打拳一样。但即使是现在，两年之后，我的五脏六腑更多感觉到的是颤抖而不是繁盛。我已经开始让自己屈从于这样的想法：身体的感觉可能已经发生了永久性的变化，这种敏感性现在属于我，属于我们，需要带着它一直生存下去。脆弱可以像逞能那样性感吗？我想是的，但有时要努力寻找做到这点的方法。每当我认为找不到时，哈里就向我保证，我们可以找到。于是，我们继续前进，我们的身体一次又一次地找到对方，即使它们——我们——一直就在这里。

我们的第一位超声波检查员拉乌尔，长相俊俏，疑似男同性恋，他的白大褂上别着一枚银色的精子状胸针。拉乌尔在第二十周时告诉我们，胎儿毫无疑问是个男孩。由于一些如今看来几乎无法理解的原因，当时的我哭了起来。我想我不得不对某些事情表示哀恸，比如幻想拥有一个女性主义女儿，一个迷你的我，一个我可以把她的头发编成辫子的人，一个在这座房子里可以成为我的女性盟友的人。不然这房子就会被一只雄性梗犬、我那美丽狂妄的继子以及一个注射睾酮、放荡不羁的T所占据。

但这不是我的命运，也不是孩子的命运。

在听到这个消息的二十四小时内,我就接受了这一现实。小艾格尼丝将成为小伊基。我将疯狂地爱他。我甚至可能会给他扎辫子!正如你在我们约会后开车回家时提醒我的那样:"嘿,我出生时是女性,看看现在结果如何。"

塞吉维克曾断言:"女人和男人之间的相似度超过了粉笔和奶酪,超过了推理和葡萄干,超过了上和下,也超过了 1 和 0。"我同意她这句话,但仍对我的身体能制造出一个男性身体感到惊讶。我认识的许多女性都表达过同样的想法,尽管她们知道这是最不起眼的奇迹。当我的身体制造出男性身体时,我感到男性和女性身体之间的差异又变小了。我正在制造一个与我不同的身体,但一个女孩的身体也会与我的不同。其中主要的不同在于,我制造的身体最终会从我体内滑出,成为其自己的身体。极致的亲密,极致的差异,两者都在一具身体里,都在一个容器里。

当时我一直在想诗人范妮·豪[1]的话，有关生育双种族混血子女，以及你如何成为在你体内生长的东西。但是，无论豪在孕育孩子的过程中感觉自己变得多么"黑"，她也一直敏锐地意识到，外部世界正虎视眈眈，甚至有些迫不及待地要加深肤色之间的鸿沟。她由她的孩子们组成，而他们也由她组成。但他们知道，她也知道，他们的命运大不一样。

这道鸿沟在豪身上激起了一种身为双重间谍的感觉，尤其是在全白人的环境中。她回忆说，在20世纪60年代末的聚会上，白人自由主义者会公开谈论"他们对黑人的恐惧和对黑人的判断，而我不得不告知他们，我的丈夫和孩子是黑人，然后便匆匆离开"。这一幕并不限于60年代。"这一事件以多种形式重复了无数次，直到现在我进入一间里面只有白人的房间时，就会想方设法亮出我的背景，提醒那里的人'我站在哪一边'，"豪说，"尤其是

---

[1] 范妮·豪（Fanny Howe, 1940— ），美国诗人。

在这些场合，我觉得我的皮肤是白色的，但我的灵魂不是，我的外表是一种伪装。"

哈里让我知道了一个秘密：男人在公共场合对彼此都很友好。总是互相问候"嘿，老大"，或者在街上遇见时点头示意。

女人并不是这样的。我的意思不是说女人都是背地里捅刀子的人，或者相互之间有仇什么的。但是在公共场合，我们不会高尚地向对方点头。我们也不需要这样做，因为这种点头也意味着"我不会对你施暴"。

在与我们的一位男同性恋朋友共进午餐时，哈里讲了他对男性在公共场合行为的发现。朋友笑着说："也许如果我长得像哈里，别人也会对我说'嘿，老大'！"

当一个男人出于某种原因盯着哈里的驾照或信用卡时，就会迎来一个奇怪的时刻，他们作为哥儿们的兄弟友情会戛然而止。然而，这种友好关系不可能立刻消失，特别是如果他们之前有过较长的互动，就像一个人外出吃饭时与侍者之间的交流。

最近，我们正在为万圣节买南瓜。我们取了一辆红色小推车，方便在商区闲逛的时候把南瓜放进去。我们讨价还价，对着能拔下头颅的真人大小的机械僵尸赞不绝口。因为可爱的宝宝，我们还得到了免费的迷你南瓜。接着，刷卡付款。那个家伙停顿了很久，然后说："这是她的卡，对吗？"他指着我。我几乎要为他感到羞愧，他是如此急切地想为这一时刻找出合理的解释。我应该说是的，但我担心这会招惹来新的麻烦（我从来都不是无视法律的人——但我知道，如果这种情况真的发生了的话，我有足够的勇气拿自己的身体冒险，我心里一直清楚地知道这些）。我们就这样僵持着，直到哈里说："这是我的卡。"之后是长时间的停顿，尴尬的侧目而视。暴力的阴影大都会在这种场合附近游移。"这很复杂。"哈里最后说，刺破了沉默。最终，那人开口了。"不，实际上，不复杂，"

他说,把卡片递了回来,"一点都不复杂。"

怀孕的那年秋天正好是我的黄金期[1]。每隔一周的周末,我都会为了我的书《残酷的艺术》独自在全美各地旅行。我很快意识到,我需要收起自己凡事亲力亲为的骄傲,主动寻求他人帮忙——将我的行李从行李架上搬进搬出,抑或是提着它们上下地铁台阶等等。我得到了这种帮助,并认为这是极大的善意。不止一次,机场里有军人在我经过时会真的向我敬礼。他们的友善让人震惊。你在孕育未来,而人们必须善待未来(或至少是未来的某种形象,我似乎显然能够传达这种形象,而我们的军人也时刻准备好捍卫这一形象)。所以这就是常态的诱惑,我边想边回以微笑,妥协但容光焕发。

但出现在公共场所的怀孕的身体也是淫秽的。它散发出一种自鸣得意的自体性

---

[1] 怀孕的第二个三月期常被称为"黄金期",在这一阶段怀孕初期的不适都逐渐消失。

欲：一种正在发生的亲密关系——对他人可见，但决然将他人排除在外。军人可能会敬礼，陌生人可能会表示祝贺或让出座位，但这种隐私、这种联系，也会刺激别人。它尤其会刺激反堕胎者，他们宁愿让宝宝早早脱离母体，二十四周，二十周，十二周，六周……你越早把两个身体分开，就能越早摆脱这种关系的一个组成部分：拥有权利的女性。

在不想怀孕的那些年里，在无情地嘲笑"饲养员"的那些年里，我暗暗地觉得孕妇在抱怨时都带着一种自鸣得意。这就是她们，坐在男权文化的蛋糕上面，因为做了女性"应该"做的事情而得到所有的赞誉，但仍然感到不被支持和被歧视。饶了我吧！后来，当我想怀孕而不得的时候，我觉得这些孕妇是得了便宜还卖乖。

我大错特错——被自己的希望和恐惧囚禁，过去如此，现在也是如此。我不是要在这里纠正这种错误。我只是想将它展露出来。

现在，我就像一个怀孕的剪纸娃娃，在一所"纽约知名大学"就我关于残酷的书做演讲。在问答过程中，一位知名剧作家举手说："我没法不注意到你有孩子，这让我不由得想到一个问题——你是如何在这种状况下处理这些黑暗题材（施虐狂、受虐狂、残酷、暴力等等）的？"

啊，是的，我想，站在讲台后弯起一条腿。就放任那些贵族老白男要求女性演讲者说回到她的身体吧，这样就不会有人错过那种疯狂的矛盾修辞的奇观——一个有思想的孕妇。这实际上代表了一种更普遍的矛盾修辞：一个有思想的女人。

仿佛任何人都会错过这一奇观，仿佛类似的场景没有在我演讲之旅的几乎每一站都重复出现，仿佛当我自己在公共场合看到孕妇时，脑海中并没有响起一种威胁着要淹没其他一切的响声：怀孕，怀孕，怀孕。这也许是因为子宫里的灵魂（或多个灵魂）正在释放静电，而这种静电扰乱了我们对他人作为另一个单独个体的通常感知。面对面产生的静电不止一股，也不止两股。

在恼人的问答环节中，在颠簸的起飞和降落中，在可怕的教职员工会议中，我把手放在隆起的肚子上，试图与那个在阴暗中旋转的生命进行无声的交流。无论我走到哪里，孩子也会去那里。你好，纽约！你好，浴缸！然而，婴儿也有自己的意志，当我的孩子第一次伸出四肢，在我的肚子里撑起帐篷时，这种意志就显现出来了。夜里，他摆出奇怪的姿势，迫使我恳求说："挪开吧，小宝贝！把你的脚从我的肺部移开！"如果你像我一样正在关注这个问题，你可能不得不眼睁睁地看着婴儿的身体以可能伤害自身的方式发育着，而你对此却无能为力。无力感，局限性，忍耐力。你在制造这个婴儿，但不是直接制造。你对他的福祉负责，但无法控制核心要素。你必须允许他展开，你必须喂养他确保他展开，你必须承载着他。但是，他将按照细胞被编码的方式展开。你不能通过摄取合适的有机茶叶来逆转正在展开的身体结构或染色体中的骚动。

"如果我们已经决定不会进行剖腹产或者在他出生前进行任何治疗，那为什么我还要每周测量他的肾脏，并且为它的大小发愁？"我趁医生在肚子上滚动着黏乎乎的超声波轴时问道，这似乎已经是我第一千次问这个问题了。她避开我的目光说："大多数母亲都想尽可能多地了解孩子的情况。"

说实话，当我们第一次开始尝试怀孕时，我曾希望能结束那本《残酷的艺术》，然后进行一些"更快乐"的项目，这样宝宝在子宫里就会获得更多正能量的陪伴。但是我本不需要担心——不仅因为成功怀孕花费的时间比我希望的要长得多，而且怀孕本身就教给了我，这样的希望是多么不重要。婴儿在希望和恐惧的螺旋中成长，妊娠使人更深地陷入这螺旋中。那里并不残酷,但很黑暗。我本想向剧作家解释这些,但他已经离开了。

在这次活动的问答环节结束后,一个女人走过来告诉我,她刚刚摆脱了与另一个女人的一段关系。那个女人想让她在做爱时打自己。她说:"她简直一团糟。她有受虐的经历。我不得不告诉她,我不能对她那样做,我永远不可能成为那样的人。"她似乎在向我征求意见,所以我告诉她我当时想到的唯一一件事:我不认识那个女人,所以对我来说唯一清楚的是,她们的"喜好"并不相配。

即使是相同的生殖器行为,对不同的人来说也有着非常不同的意义。[1]这是一个需要记住的关键点,也是一个难点。它提醒我们,差异恰恰存在于我们可能正在寻找和期待情感交融的地方。

在第二十八周时,我因有一些出血而住

---

[1] 引自塞吉维克。

院。可能是胎盘的问题。在讨论这胎盘问题时，一位医生打趣道："我们不希望这样，因为虽然这对婴儿可能有好处，但对你可能不好。"追问后，我明白了她的意思：在这种特殊情况下，孩子可能会活下来，但我可能不会。

现在，尽管我疯狂地爱着我来之不易、即将出世的宝宝，但我绝不准备为了他的存活而离开尘世。我也不认为那些爱我的人会同意我做出牺牲自己的决定——一个地球上某些地方的医生会被勒令做出的决定，一个此地的死硬派反堕胎主义者极为拥护的决定。

有一次，我坐出租车去纽约肯尼迪机场，路过布鲁克林-皇后区高速公路沿线那片过度拥挤的墓地（髑髅地？）。出租车司机伤感地望向拥挤在山上的墓碑，说："那儿有许多是孩子的墓。""这极为可能。"我带着一种疲惫的惊恐回答道，这是多年来面对出租车司机那些关于女性应该如何生活或行事的冗长说教的结果。他说："孩子死了是件好事。他们直接去了天堂，因为他们是无辜的人。"

在接受胎盘观察的不眠之夜，我又想起了这段说教。我在想，如果反对堕胎的人不是去努力实现全世界强制生育的梦想，而是转而为所有纯真、未出生的灵魂从堕胎手术台直接进入天堂而感到兴奋，庆幸他们不必绕道进入这个最终使我们所有人都变成娼妓（更不用说社保领取者了）的罪孽的渊薮，这能一劳永逸地让我们摆脱反堕胎主义者吗？

在我的一生中，我从未像怀孕时那样支持堕胎自主选择权，也从未对从受孕开始的生命有过更透彻的理解并且感到如此激动。女性主义者可能永远不会制作这样一种保险杠贴纸，上面写着"这既是一个选择也是一个孩子"，但这是事实，我们心知肚明。我们不需要等待乔治·卡林[1]来捅出真相。我们不是傻子，明白其中的利害关系。有时，我们选择死亡。哈里和我有时开玩笑说，女性应该有远远超过二十周的时间（也许甚至可以

---

[1] 乔治·卡林（George Carlin，1937—2008），美国单口喜剧演员。

延长到孩子出生后两天）来决定是否保留胎儿。（只是玩笑，好吗？）

我为伊基保存了许多纪念物，但我承认我扔掉了一个信封，里面有大约二十五张他还在子宫里时生殖器的超声波照片。每次做超声波检查时，一位扎着金色马尾的活泼检查员都会为我打印这些照片。"这孩子肯定为自己那块儿感到骄傲。"她会这么说，或者是"他真的很喜欢炫耀！"，然后开始打印。

拜托，就让他在子宫里转来转去吧，我心想，面无表情地把照片塞进钱包，每周都是如此。就让他继续无视（也许是第一次也是最后一次）为他人表演自我的任务吧，让他无视这样的事实：我们的发育，甚至仍在子宫内时，就是在回应从我们身上反弹的一系列投射和映像。最终，我们把这个越滚越大的雪球称为自我（"阿尔戈"）。

我想，要以一种愉快的方式看待这个雪球就应该说，主体性具有强烈的关系性，而且很奇特。我们为别人或者依靠别人而存在。在临近分娩的最后几周,我每天都去河边散步,大声列出世上所有在等着爱伊基的人,希望他们的爱的承诺最终足以把他引诱出来。

随着预产期临近,我向将会协助生产的杰茜卡倾诉,我担心自己不能产奶,因为我听说有的女人不能产奶。她笑了笑。"你已经有奶了。"看到我不以为然,她说,"要不要我给你看看?"我点了点头,害羞地从胸罩里掏出一只乳房。她以一种惊人的手势将我的乳房捏在手中,用力朝下夹住。蛋奶糊色的液滴冒了出来,在她的掌心汇聚,完全无视我的疑虑。

根据卡娅·西尔弗曼[1]的说法,孩子一认识到母亲不能保护他们免受所有伤害,她的乳汁(无论是字面意义还是象征意义上的)不能解决所有的问题,就会转向父性的上帝。当人类母亲证明自己是一个独立、有限的实

---

[1] 卡娅·西尔弗曼(Kaja Silverman, 1947—),美国艺术史学家。

体时，她便会令人失望，令人极度失望。在对母亲有限性的愤怒中，孩子转向了一个全能的男性家长——上帝。按照定义，他不会让任何人失望。"不仅是文化，而且是存在本身，把异常艰巨的任务强加在了孩子首要的抚育者身上，通过多种方式一遍又一遍地说出一个道理，使孩子进入关系性之中。否则，只能由死亡来教会他这个道理了：'这是你的终点，却是他人的起点。'

"不幸的是，死亡很少出面，而是通常由母亲以巨大的代价来传授这个道理。大多数孩子对他们的要求只能得到部分满足感到极度愤怒，这种愤怒的前提是他们相信母亲故意保留了一些她有能力提供的东西。"

我明白，如果抚育者不让孩子明白"我"和"非我"的区别，她可能就无法给自己留出足够的空间。但是，为什么这种传授要付出如此巨大的代价？这个代价是什么？忍受孩子的愤怒？难道孩子的愤怒不是我们应该能够承受的东西吗？

西尔弗曼还认为,婴儿对母亲的要求可能"对母亲的自恋非常重要,因为这使她有能力满足婴儿的匮乏,因此进而满足她自己的缺失。由于我们文化中的大多数女性在自我层面受到过伤害,沐浴在这种理想化阳光下的诱惑往往被证明是难以抗拒的"。我见过一些母亲用孩子来填补缺失,或缓和自我层面的创伤,或以看起来病态的方式沐浴在理想化的阳光下。但通常,这些人在生孩子之前就是病态的。她们甚至会与胡萝卜汁形成一种病态的关系。西尔弗曼是一个残存的拉康主义者,她的视野似乎不够宽广,容纳不了不是由填补缺失带来的享受,或不仅仅是抚慰创伤心灵的爱意。就我所知,这个世界上大多数有价值的快乐都是在满足他人和满足自己之间滑动的。有人会称之为一种伦理。

然而,西尔弗曼确实设想,这种循环可以或应该改变。"我们的文化应该支持(母亲),对母亲的有限性进行赋权的呈现。但是,我们所有人都默认(母亲)如果真的愿意,她就可以满足我们的欲望。"这些"赋权的呈现"是什么样的?在好莱坞电影中为女性提供更好的角色?像本书这样的书?我什么都不想呈现。

同时,我写下的每一个字都可以被解读为对价值,对我之所是、我表面上所持的观点、我所经历过的生活的辩护和坚持。从人们开口的那一刻起,你就能对他们了解得如此之多。马上你就会发觉,你可能想把他们拒之门外。[1]这就是说话和写作的可怕之处。无处可藏。当你试图躲藏时,场面会变得很怪异。想想琼·狄迪恩[2]在《蓝夜》中所做的,她试图先发制人地消除这样的看法:她女儿金塔纳·罗奥拥有一个特权阶层的童年。"'特权'是一种判断,'特权'是一种观点,'特权'是一种指责,'特权'仍然是一个我不会轻易接受的领域,尤其是当我想到(金塔纳)忍受了什么,当我考虑到后来发生的事情。"这些话令人惋惜,因为她口中的"后来发生的

---

1 引自艾琳·迈尔斯。
2 琼·狄迪恩(Joan Didion, 1934—2021),美国作家。

事情"（狄迪恩心爱的丈夫去世后，金塔纳的死接踵而至）强调了狄迪恩更有趣但不被承认的主题，那就是经济上的特权并不能免除所有的痛苦。

我感兴趣的是提供自己的经验和表现自己独有的思维方式，无论它们有什么价值。我也想轻松地承认拥有大量特权——不过，认为可以"轻松承认"自己拥有特权，"之后就一劳永逸"的想法是荒谬的。特权浸透一切，特权构造一切。但我从来都对争论任何特定立场或取向的正确性同样感兴趣，更不用说正义性了。除了背叛自主的权利，背叛自己的性别，背叛自己的阶级，背叛自己所处的多数群体，还有什么理由要写作？那就是要成为写作的叛徒。[1]

害怕断言。总是试图摆脱"总体化"的语言，也就是那种残暴地对待特殊性的语言，

---

[1] 引自德勒兹和帕尔奈。

意识到这是另一种形式的偏执狂。巴特找到了这种旋转木马的出口，他提醒自己"是语言在断言，而不是他"。巴特说，试图通过"在每个句子中加入一些不确定的小短语"来逃避语言的断言性是荒谬的，"就好像来自语言的任何东西会让语言颤抖似的"。

我的写作中充满了这种不确定性的抽搐。我没有任何借口或解决办法，只能任自己颤抖，然后再回去把它们删掉。通过这种方式，我练就了一种既非天生也非外来的勇敢。

有时，我对这种方法和它所有性别化的束缚感到厌倦。多年来，我不得不训练自己，在几乎每一封写好的工作邮件中都要删除"对不起"。否则，每封邮件的开头可能都是：对不起，耽误了你的工作；对不起，给你造成了疑惑，等等。只要读一下对杰出女性的采访，就能听到她们在道歉。[1]但我并不打算诋毁道歉的力量：当我真心实意感到抱歉时，我一

---

[1] 引自法国作家、女性主义理论家莫妮克·威蒂格（Monique Wittig）。

定会保留我的"对不起"。当然，我也希望看到许多演讲者经历更多颤抖，表达更多未知，道更多歉。

在欣赏斯坦纳的《小狗和婴儿》时，我不禁想到了南·戈尔丁[1]1986年的"视觉日记"《性依赖歌谣》——另一组见证了摄影师人际圈的照片，其中包括她的朋友、恋人和前任。然而，正如这两件作品的标题所示，它们展现的情绪有很大的不同。《小狗和婴儿》中最接近戈尔丁风格的照片，可能是一张有些模糊的室内照片，拍摄的是舞蹈家莱拉·柴尔兹（斯坦纳的前妻）。她衣衫凌乱，茫然地盯着相机，沐浴在黯淡的红光中。但是，柴尔兹并没有像《性依赖歌谣》中的人物那般泪流满面或是身上有最近被殴打的伤痕，而是在用自动泵奶胸罩和电动吸奶器从她的乳房中吸出乳汁。

---

[1] 南·戈尔丁（Nan Goldin，1953— ），美国摄影师。

对许多女性来说，泵奶是一项非常私密的活动，而且在身体和情感上极具挑战性，因为泵奶让哺乳期的母亲想到了她的动物身份：她只是另一种哺乳动物，正在从腺体中吸出乳汁。然而，除了吸奶器手册（和哺乳期色情片）中的照片，真的找不到任何有关挤奶的图像了。人们在生活中遇到"初乳""喷乳"和"后乳"等词语，就像看到了来自失落之地的象形文字。斯坦纳相机的在场以及她拍摄对象的坚定凝视，让人感到刺激和兴奋。这种感觉格外明显，尤其是当你想到像戈尔丁（或者瑞安·麦金利、理查德·比林厄姆、拉里·克拉克、彼得·霍加、佐伊·斯特劳斯）这样的摄影师如何经常通过唤起危险、痛苦、疾病、虚无或落魄，使我们感觉自己好像瞥见了某种极致的私密。在斯坦纳那张柴尔兹的私密照片中，取出的液体是关于哺育的。我几乎无法想象。

然而——虽然泵奶可能是为了哺育，但它并不真的与交融有关。无论是出于选择还是出于需要，人类母亲之所以挤奶，是因为有时她没办法直接给自己的孩子喂奶。因此，泵奶是一种对距离的承认，对母亲有限性的承认。但这是一种分离，一种有限性，充盈着美好的心意。无论有没有奶，这往往是我们能给予的最好的东西。

我以前说过，我写过一本书，其中半本是在喝醉时完成的，另一半是清醒时完成的。在这里，我估计这本书中大约有十分之九的文字是"自由"写成的，剩下十分之一是与医用级的吸奶器连接起来的：文字堆积在一台机器里，乳汁则由另一台机器吸出。

"有毒的母性"这一短语指的是母亲的乳汁在带来滋养的同时也带来了毒物。如果你拒绝毒物，你也就拒绝了滋养。鉴于人类母乳现在确实含有毒物了，从油漆稀释剂、干洗液、厕所除臭剂、火箭燃料、农业杀虫剂到阻燃剂，毒物无处不在。毒性现在成了一个程度问题，一个可接受的单位含量问题。

婴儿没有选择的余地,他们为了活下去,有什么就吃什么。

对于这一困境,我此前并未多加思索,直到我在一家纽约市旅游指南中的酒吧——它被评为"吸烟者天堂"——工作多年后。在得到这份工作前的几个月我就戒烟了,主要是因为香烟让我感觉糟糕透顶。而现在我却花费成百上千美元请针灸医师来治疗因吸入二手烟导致的腺体肿胀和呼吸困难。(在布隆伯格的禁烟令生效前一个月,我辞去了工作。在离职前最后几小时,我偷偷地接受了反吸烟斗士的采访,以推进他们的事业。)所有听我抱怨的人都(明智地!)说:"你为什么不干脆换份工作呢?纽约有成百上千的餐馆和酒吧。"我的治疗师——为了能继续找她看病,我又做了另外一份令人窒息的轮班工作——建议我帮助富家子弟备考 SAT[1],这建议让我想揍她一顿。我能怎么解释呢?我在纽约已经打过

---

1 美国学业能力倾向测验(全写为 Scholastic Aptitude Test)是美国高中生升入大学必须通过的测验。

一百份餐馆的工,最后我找到了一份工作,其一周内赚的钱比我做一整个学期的兼职教师(另一个可以选择的方案)赚的都要多。我,一个成长中的凯伦·西尔克伍德[1],想到如果"他们"——不管他们是谁——让我在这里工作,也不会有多糟,是吧?

但就是这么糟。我藏在床垫下的账单几乎被烟熏黄了,一直到租期结束都是这样。现在我才明白,这份工作保证了我需要的其他东西:与一群看起来比我还要穷困的酗酒者长期做伴。我现在仍然可以看到他们:沉默寡言的老板在黎明时分不得不被抬到出租车后座上,因为他被我们用啤酒和伏特加灌得晕头转向,我们趁机赚了不少小费,那些钱都是他投资华尔街赚的;一群朋克风的瑞典人一杯又一杯地喝着混合了冰咖啡与墨西哥辣椒的伏特加;一个成功的特殊音效剪辑师长着满

---

[1] 凯伦·西尔克伍德(Karen Silkwood,1946—1974),一名美国化学技师和工会活动家,因关注大公司在核设施中有关健康和安全的措施而闻名。

口烂牙;一个男人喝了几杯飓风鸡尾酒后莫名其妙地解下腰带抽打同伴;一个女人把孩子放在酒吧楼下的儿童安全座椅上,然后就忘得一干二净……他们的样子,以及相比之下我的从容自持,又让这个念头在心中多存续了几年:酒精对我有益而非有害。

没有同情心依附的自我要么是种虚构,要么是个疯子……(然而)依赖甚至在亲密关系中也会被蔑视,仿佛依赖与自力更生完全不相容,而不是使后者成为可能的唯一因素。[1]

我从自己的母亲那里学到了这种蔑视,也许它也会存在于我的乳汁里。因此,我必须警惕一种对别人的需求感到厌恶的倾向。随之而来的习惯:我的大部分自我价值来自一种拥有超强能力的感觉,一种对自己几乎可以完全自力更生的非理性的狂热信念。

"你是一个了不起的学生,因为你没有任

---

1 引自亚当·菲利普斯(Adam Phillips)和芭芭拉·泰勒(Barbara Taylor)。

何包袱。"一位老师曾经这样对我说，在那一刻，我的人生遁词是如此完满。

承认自己受制于某种物质的一大好处就是穿透这种遁词。取代令人疲惫不堪的自主性的是对依赖性的直率接受，以及随之而来的轻松和解脱。我一直渴望尽可能地少说胡话，但我也不想再隐藏自己的依赖，这种隐藏只是为了在那些明显比我更失败或更痛苦的人面前看上去更高级。大多数人在某种程度上认定囚困于贫穷或残暴总好过完全没有被任何东西囚困，因为那样意味着失去一个人存在和生成的条件。[1] 我很庆幸自己现在没到那一步，但我也很庆幸曾经体会过那种状态，知道那是什么感觉。

塞吉维克是一位知名的多元主义者，一个天生的极繁主义者，她将自己对充盈性的偏爱命名和赞颂为"肥胖艺术"。我也赞美这

---

[1] 引自朱迪斯·巴特勒。

种肥胖艺术，即使在实践中，我更像是一个极简主义者——无论多么能干，也只是一个炼乳工。相比哲学家或多元论者，我更像一个经验主义者，因为我的目标不是重新发现永恒或普遍性，而是找到产生新事物的条件,[1]即创造性。

我从来没有真的认为自己是一个"有创造力的人"——写作是我唯一的才能，而且对我来说，相比创作，写作一直清楚多了。但在思考这个定义时，我想知道一个人是否可以不由自主地具有创造性（或成为酷儿，或变得快乐，或被容纳）。

够多了，你现在可以停下了：塞吉维克说，每当受苦时，她都渴望能听到这句话。（伤害得够多了，炫耀得够多了，成就得够多了，说得够多了，尝试得够多了，写得够多了，活得够多了。）

---

[1] 引自德勒兹和帕尔奈。

婴儿发育需要的开阔空间。婴儿在没有空间之处创造空间的方式。在我的肋骨原先交汇于胸骨的地方出现的软骨。曾经没有,但如今我在左右移动时下胸廓里出现的滑动。内脏器官的重新排列,肺部的向上挤压。最终被撑开露出底部——深度毕竟有限——的肚脐上聚集的污垢。产后会阴部那结实的感觉,乳房一下子被乳汁充满的方式,如同一场疼痛的高潮,像暴雨般充满力量。当一个乳头被吸吮时,另一个乳头有时会有乳汁喷涌而出,势不可当。

在研究生期间撰写关于诗人詹姆斯·斯凯勒的文章时,我奇怪地被他的疲软所吸引,我的导师不经意地提到这点。他对此的评论使我感到内疚,似乎他认为我是在试图阉割斯凯勒,是一位深藏不露的索拉纳斯[1]。我没想

---

1 瓦莱丽·索拉纳斯(Valerie Solanas,1936—1988),美国激进女性主义作家,曾试图枪杀波普艺术家安迪·沃霍尔。

那样,至少不是有意识的。我只是喜欢斯凯勒的表现方式,特别是在他的长诗中,有一种言说或创作的驱力,与任何典型的由色欲升华而成的欲望都不一样。他无疑有一双巡视的眼睛(他在一家杂货店里:"我抓住/一辆购物车,在过道上推来推去,试图从正面看到/他,看看他有/多'大',他的脸是什么样的")。但他的诗学令我耳目一新,没有权力欲,甚至没有变态欲。它有一种得意扬扬的枯萎感,就像斯凯勒曾赞美的许多花朵一样。

这种枯萎可能部分是由化学原因导致的。正如斯凯勒在《诗的早晨》中写道:"记住/医生说的话:我:牢记着不要/碰(酒):大部分时候它没有/那么难(确实):你知道/戒酒药的一种副作用可以使/你阳痿吗?这些天来,我在这方面/并不需要什么帮助。"诗结尾处的高潮排出的不是精液,而是尿。回忆起很久以前的一个夜晚,自己在巴黎喝得醉醺醺,斯凯勒写道:"我成功了:我在那里,面对着一个小便池。我 / 拉下拉链,把我的右手伸进 / 开口处:可怕的创伤,我没有办法 / 把我肿胀的工具从一只手转移到另一只手,而不像摩西击打岩石时那样 / 喷涌而出(在我的裤子里):所以 / 我做到了:巴黎到处都是尿,更不用说我的衬衫和裤子上,留下了淡淡的棕黄色。"

和斯凯勒的许多诗一样,《诗的早晨》是以他母亲在纽约东奥罗拉的家为背景的。当他在记忆和逸事中进出穿梭时,他的母亲会在房子里来回走动,整夜开着广播,放着饭后的餐碟不管,看电视节目,拿垃圾桶里那只臭鼬的大小打趣,并因为斯凯勒想在下雨时让窗开着而与之争吵("我是那个等下要清洁它的人。"她咆哮着,这是母亲的日常抱怨)。斯凯勒在另一首伟大的史诗作品《几天》中结束了他母亲的故事。这首诗最后以这几句作结:"玛格丽特·黛西·康纳·斯凯勒·莱德诺尔, / 好好休息吧, / 疲惫的旅程结束了。"

我觉得有必要停下来向这个事实致敬了，即许多我心中的多重性别化母亲——斯凯勒、金斯堡、克里夫顿、塞吉维克——现在是，曾经是或一直是肥胖的人。("当我说'我们没有错'的时候，我指的是谁？"诗人弗雷德·莫顿问道，"那些胖子。无论对他们的定位有多精确，他们总是会超出边界……我的表兄弟姐妹。我所有的朋友。")或者，正如诗人CA康拉德所写："出身穷困白人阶层有许多让有钱人难以理解的优势。多年来，我看着那些父母是医生和银行家的朋友生活在恐惧之中（甚至是在反叛的时候），他们害怕自己的成就不够多，自己不够优秀，自己不够干净，尤其是自己不够苗条……现在，如果你不介意的话，我有个约会，约会对象是个有趣的自作聪明的家伙，长着一张骗人的嘴，正带着刚刚做好的巧克力布丁和一罐淡奶油要到我那里去！"

然而，与此同时，如果我不承认，我的娇小身材和苗条体形长期以来一直与我的自我意识,甚至是自由意识有关,就会显得太过虚伪了。

这并不令人惊讶。我母亲和她的整个家族都痴迷于瘦身,将瘦削视作身体、道德和经济健康的指标。我母亲瘦弱的身体,以及她对零脂肪的终生痴迷,几乎让我怀疑她是否真的曾把我和妹妹安置在她的身体里。(我因为怀伊基体重增加了近二十五公斤——这一数字令我母亲惊骇,也让我感到一种迟来的不服从的乐趣。)有一次,我母亲在一家餐馆的墙上看到了自己的影子,在认出那是自己的影子之前,她说那影子看上去像一具骷髅。每当我们去她老家密歇根州时,她都会嘴角上扬地说:"看啊,每个人都那么胖。"她的瘦削证明她完成了阶层上移,逃离了那里。

作家是与他母亲身体嬉耍的人。[1] 我是一个作家,我必须与我母亲的身体嬉耍。斯凯勒这样做了,巴特这样做了,康拉德这样做

---

1 引自罗兰·巴特。

了，金斯堡这样做了。为什么我很难做到这一点呢？因为虽然我已经作为一个母亲逐渐了解自己的身体，虽然我可以把众多陌生人的身体想象成我的母亲（通过简单的佛教式冥想），但我仍然很难把我母亲的身体想象成我的母亲。

我可以很容易地想象出我父亲的身体，尽管他已经去世三十年了。我可以看到他在淋浴时的样子——棕色的皮肤泛着红晕、冒着热气，在唱歌。我可以想象出他脑后鬈发的轻微油腻感，现在伊基头上也有鬈发。我还记得他穿着某些衣服的样子：一件灰色的麻花针毛衣，他的旧李维斯牛仔裤，他日常穿的西装。热量、活力、欢乐、性欲和歌声密集在他身上。我认出了他。

我认为我的母亲很美。但她对自己身体的负面感受会产生一种力场，排斥任何对其身体的欣赏。我早就知道她那套程序了：胸部，太小；屁股，太大；脸，像鸟一样；上臂，太老态。但这不仅仅是因为年龄，她甚至对自己婴儿时期照片中的模样也满是轻蔑。

我不知道为什么她从不认为自己美丽。我想这些年来我一直在等着她这么做,似乎这种程度的自爱会将她的身体给予我。但现在我意识到,她已经把它给了我。

有时我会想象她死后的样子,我知道,她身体的细枝末节会将我淹没。我不知道我将如何从中幸存。

我一直讨厌哈姆雷特这个角色,因为他在母亲再婚后变得厌女,忧郁地四处徘徊。然而,我知道我的内心深处有一个哈姆雷特。事实上,我有证据:我在一本童年日记中发誓,有一天要对我母亲和继父的婚外情进行报复,因为它破坏了我父母的婚姻。(在那之后不久,我父亲不幸猝然离世。)我在日记中发誓,我和妹妹将永远与我们死去父亲的鬼魂站在一起,他现在正从天堂俯视着我们,因遭受背叛而悲痛欲绝。

我也像哈姆雷特一样,对母亲的愤怒超

过了对继父的,因为继父基本上是个陌生人。他曾是一个穿着白裤子的年轻油漆工,当我父亲离城出差时,他有时会在我家待到很晚。在这样的夜晚,我和妹妹会为他和我母亲表演短剧或舞蹈:两个为王后和假国王表演的小丑。不久之后,他和我母亲走过教堂的中央过道。当牧师要求我们低头祷告时,我一直抬着下巴,像个哨兵。

对我来说,在与继父的婚姻中,我母亲的母性身体似乎被她的欲望身体取代了。因为我知道,继父不仅仅是她欲望的对象。我清楚,她相信他是她欲望的化身。二十多年后,当他离开了我母亲并承认了各种不忠行为时,这种想法使她陷入痛苦的境地。

我恨他压垮了她。我恨她被压垮了。

十几岁的时候,母亲试图用更成年人的语言向我解释离开父亲的原因。可哪怕当时我已经十三岁了,我也无法理解她说需要离开他"从而有机会获得快乐"是什么意思。对我来说,父亲就是世上所有快乐的化身,而他的死亡加深了这一看法。

他哪里不够好？"他告诉我，如果我想的话，可以去外面工作，只要我仍然把他的衬衫熨好方便他第二天上班时穿就行。"母亲对我说。我心中那个女性主义者依然不为所动。"你就不能告诉他，你不想给他熨衬衫，然后再想想办法吗？"

当继父最终离开时，我和妹妹感到如释重负。入侵者终于被驱逐了。同性恋式母亲终将消失，而母性身体终于属于我们了。

难怪几年后母亲宣布要再婚时我们会措手不及。当她和她的未婚夫在一场精心安排的晚宴上告诉我们这个消息时，如其所愿，我们俩大吃一惊。我看到妹妹气得脸色通红，然后扑来扑去，寻找一根能扶住的藤蔓。"好吧，如果婚礼在六月举行，我就不去了，"她气急败坏地说，"六月太热了，谁都没办法在那时候结婚。如果是在六月，我就不去了。"她毁掉了那个时刻，而我为此爱死她了。

但是这一次，据我所知，母亲并没有把

她的丈夫视作她欲望的化身,尽管她确实非常爱他。而就他而言,据我所知,他并没有试图说服她放弃自我贬低,也没有助长她的这种习惯。他只是爱着她。我正在学习他的做法。

生下伊基大约二十四小时后,医院那位测试他听力的好心女人给了我一条宽大的白色松紧带,让我绑在产后的肚子上。那基本上就是一条巨大的布织绷带,腰的部位有一个魔术贴。我对这条腰带感激不尽,因为我的肚子感觉就要滑落到地板上了。

无休止地跌落,最终粉身碎骨。也许这条腰带可以保护我不致摔得粉碎。当她把它递给我时,眨了眨眼,说:"谢谢你为了维持国家的美丽做出自己的贡献。"

我跌跌撞撞地回到病房,重新穿上紧身胸衣。我对她的感激之情现在掺杂了迷惑。"我的贡献是什么?生个孩子?采取措施阻止身体的伸展?没有摔得粉身碎骨?"

不过，这种融化令人不安。怀孕时紧绷的身体，现在像块比萨面团一样层层叠叠地下垂着。

"不要这么想：你失去了自己的身体。"一个产后恢复网站建议说，"要这么想：你把你的身体给了你的孩子。"

"我把我的身体给了我的孩子。我把我的身体给了我的孩子。"我不确定自己是否想把它要回来，或者在何种意义上，我曾经拥有过它。

在整个产后神志不清的时期中，我发现自己懒洋洋地点击着"美国在线"（没错，是美国在线）主页上的文章，内容是关于某些名人如何在产后恢复身材或性爱的。这很乏味，但也很无情：这种对谁怀孕了，谁有孕迹了，谁的生活又将因那神奇的、让人羡慕的"宝宝"的即将到来而发生变化的痴迷，在转瞬间变成了另一种痴迷：如何尽快消除一切生育"宝宝"的痕迹，如何尽快恢复母亲的事业、性生活和体重,仿佛无事发生。

谁在乎"她"想做什么?她经历了一个重大的身体事件,这个事件实际上重组了她的内脏,不仅让她的部分身体撑大到让人难以理解的程度,还使她在极限间走了一遭鬼门关。但克服这些问题,是她在婚姻中的义务。正如一位女士在这篇发表在"婚姻使命"——一家基督教网站,旨在"帮助那些已经结婚的人和准备结婚的人,'积极主动'地将婚姻从离婚边缘挽救回来"——上的帖子中说的:"我觉得我整天所做的就是满足别人的需要。无论是照顾孩子,还是自己的神职工作,抑或给我丈夫洗衣服。在一天将尽的时候,我想结束这些满足别人的工作。我想要一个枕头和一本杂志。但上帝提示我:你满足的这些'需要'真的是你丈夫想要的吗?"答案当然是"不"!上帝竟要她把维持她理智的杂志和枕头放在一边,开始和丈夫做爱!"克服你自己的问题,开始做爱吧!"上帝说,"要谨记GGG原则!"

GGG：尽力（Good），给予（Giving）和敢于尝试（Game）。这是性爱咨询专栏作家丹·萨维奇提出的性爱理想原则，意思是"要在床上尽力表现""给予彼此平等的时间和快乐"以及"在合理范围内进行任何尝试"。萨维奇说："如果你想要在一夫一妻制的情况下，让一个人满足你所有的需要，那么你必须愿意为对方成为娼妇。你必须准备好尝试一切。"

这些正是我长期以来渴望的坚实准则。但现在我认为我们既有权拥有怪癖，也有权感到疲劳。

在一个非常乐于将同性恋式母亲简化成"性感熟女"的时代，"反常"的混乱性行为怎么能依然代表着激进？当表面上的异性恋世界可以毫无困难地跟上变化的步伐时，将"酷儿"与"性反常"联系起来到底有什么意义？在异性恋世界中，除了一些顽固的宗教保守派，谁会真的将性愉悦与生殖功能密不可分地联系在一起？有谁最近看过"异性恋"

色情网站上无穷无尽的恋物癖清单吗？你有没有——像我今天早上一样——读过关于吉尔贝托·瓦莱警官[1]受审的文章？如果酷儿性会扰乱规范的性假设和性实践，那么这不正说明了性是一切问题的根本吗？如果普雷西亚多是对的，如果我们已经进入了一个全新的后福特主义的资本主义时代，普雷西亚多称之为"制药-色情业时代"[2]，其主要经济资源无非是"众人贪得无厌的身体——他们的生殖器官、激素和神经性突触……（我们）的欲望、兴奋、性欲、诱惑和……快感"，那会怎么样？

面对这种"色情的、精神治疗的、朋克

---

[1] 纽约市警察局的一名前警官，被媒体称为"食人魔警察"。2012年10月，瓦莱的妻子发现了他在网上恋物癖聊天室与其他用户的对话记录。在对话中，瓦莱制定了对包括自己妻子在内的多名女性施加暴力的详细计划。

[2] 原文为pharmacopornographic era，由普雷西亚多创造的词汇，意指制药业、色情业和晚期资本主义形成了彼此协调职责的整体，通过对身体的规范参与到生殖管理和社会管控的过程中。

式的新型资本主义"的超高速度,特别是当我处于疲劳的状时,用淫欲换取疲惫的诱惑力在增加。[1] 我无法战胜这种状态,至少在目前,我试图从中学习。另一个自我,脱光了衣服。

我第一次见到塞吉维克是在一个名为"心理学的非俄狄浦斯模型"的研究生研讨班上。通过介绍,她宣布她已经开始接受治疗,因为她想变得更快乐。听到一个令人敬畏的理论界重量级人物承认这样的事情,这改变了我的人生。然后,她毫不迟疑地说,她想玩一个通过图腾动物来快速了解对方的游戏。

图腾动物?怎么会这样?我逃离了青年时代荒唐放浪的黑什伯里嬉皮区,来到硬核的知识分子城市纽约,就是为了逃避这种游戏,结果却发现自己在博士生课堂上又玩起了它?这游戏用冰冷的手指触发了我的身份

---

[1] 引自保罗·B.普雷西亚多。

恐惧症：我觉得，这与索引卡、记号笔和翻领别针之间仅有一步之遥。

也许是预见到了这种恐惧，塞吉维克向我们解释说，这个游戏有另一种玩法。她说，如果我们愿意，可以自由地给出一只假动物来作为自己的欺骗性身份——如果，举个例子，我们有一个只想让自己知道的"真正的"图腾动物。

无论是真的动物还是假的动物，我都没有。所以当我们在房间里轮流进行游戏时，我一直在冒汗。轮到我了，我给出"水獭"这种动物。这也算是真实答案。对那时的我来说，给人以狡猾的感觉很重要。要让人感觉我小巧、伶俐、迅速，能够两栖作战，而且机敏能干。我当时还不知道巴特的《中性》一书，如果知道的话，它会成为我的颂歌——中性者是指在面对教条主义和威胁性的站队压力时，能给出不同寻常的反应：逃离、避开、反对、改变或拒绝条件、解除关系、转身离开。因此，水獭是一种复杂的替身，或者说假象，是我确定自己可以轻松摆脱的另一种身份。

但无论我是什么人,或者后来成为什么人,我现在已知道,躲闪并不是全部。我现在知道,刻意的回避有其局限性,它会以其独有的方式抑制某种形式的幸福和快乐。坚守的快乐,坚持的快乐,执着的快乐,责任的快乐,依赖的快乐,平凡奉献的快乐。认识到一个人可能不得不经历同样的领悟,在页边处写下同样的笔记,在自己的作品中重复同样的主题,重新理解同样的触动人的真相,一遍又一遍地写同样的书——不是因为一个人或愚蠢或顽固或无法改变,而是因为这种重新审视构成了一段人生——的快乐。

塞吉维克曾经写道:"各行各业的许多人都能在他们工作的方方面面获得快乐,但当这种快乐不仅被个人获得而且被公开展示时,情况就会有所不同。我喜欢让这种不同的情况发生。"

根据塞吉维克的说法,值得高兴的是,

快乐会逐渐增长且变成目的本身：快乐被感受和展示得越多，就会越具增殖性、可能性和惯常性。

但是，正如塞吉维克深知的那样，还有其他更险恶的模式。她自己生活中的一个著名的例子清楚地表明了这一点。1991年，也就是塞吉维克首次被诊断出患有乳腺癌的那一年，她的文章《简·奥斯汀和自慰的女孩》在下笔之前就被右翼文化斗士们搞得臭名昭著。（他们在现代语言协会的一个项目中发现了这个题目，并由此大闹了一番。）就在她得知自己患病期间，"印有（她）名字的新闻影像"成了尖酸评论的抨击对象。她写道："我不知道还有什么比这更温和的说法了。在我需要从积蓄着生活和成长欲望的源泉大口汲取欲望的时候，我的文化对它的浪费消耗所造成的累积效应却显现了出来。"然后，她指出，有"无数事情使人不会误解那种对酷儿和女性生活的评判，就好像不会误解对穷人和非白色人种生活的评判一样"，接着，她举出了其中几样。那种评判会成为我们脑海中的齐声呼喊,随时准备抑制我们与疾病、恐惧和蔑视抗争的能力。"(这些声音)对我们说着话,"塞吉维克说,"清晰得让我大为吃惊。"

按照塞吉维克的解释,她被批评者斥为堕落不仅仅是因为她将一位经典作家与自慰的肮脏幽灵联系起来,更令他们恼火的是这样的场面:一个作家或思想家——无论是塞吉维克还是奥斯汀——从创作过程中感受到了快乐并公开庆祝。更糟糕的是,在一种致力将人文科学以及其他所有不为资本上帝服务的无私劳动置于死地的文化中,竟然有人喜欢那毫无意义的反常工作,并因此获得了报酬,而且报酬还很丰厚。

我认识的大多数作家都会执着于这样的幻想,即如果他们按照自己的意愿表达自我,在他们身上就会发生各种可怕的事情(或者那件可怕的事情)。(作为一个作家,我所到之处——特别是当我以"回忆录作家"的身份出现时——这种恐惧似乎都会占据人们心头。人们似乎渴望——这渴望高于其他一切——一种许可和保证，保证不会有坏结果。前者，我努力给予；后者，我无能为力。）当我的书《简：一桩谋杀案》（一本以1969年我母亲的妹妹被谋杀为主题的书）出版时，我也怀有可怕的恐惧：我将像简一样被谋杀，作为对我在写作上越轨的惩罚。除了那本书，我还写了一本计划之外的续集，用这两本书才解开这个心结，让其随风而去。

现在，这个故事是旧闻了，特别是对我来说。之所以再次提起，是因为在怀上伊基前的几个月，我曾被一个类似跟踪狂的家伙侵扰过一段时间。这个人对简的谋杀案很着迷，而且对我这位作者也很着迷。事情始于我工作用的语音信箱里的一条信息：一个男人打电话说我姨妈"活该"，还骂了她。具体来说，他叫她"蠢货"。（显然，"臭娘们"或"婊子"都自有其意味，但"蠢货"以及讲出这个词时的幼稚语调，让我提高了警惕。）

在这种事情上拥有的丰富经验，足以让我明白自己无法独自应对，所以我直奔瓦伦西亚地方治安官的办公室。哈里陪在我身边。打开门的那一刻，我们的情绪就立刻沉了下去。那些冒充警察的肥嘟嘟的郊区白人少年，正是我们最不愿意向其透露这个故事的人。尽管如此，我还是竭尽所能想出了一个最简短的版本告诉了服务台旁的警察，内容涵盖了我姨妈1969年的谋杀案、我写的两本书，以及那天早上我语音信箱里的那条信息。他茫然地听我说着，然后从架子上拿出一个厚如电话簿的活页夹，缓慢地翻看起来。大约五分钟后，他眼睛一亮。"就是这里，"他说，"骚扰电话。"然后开始在一张表格上用大写字母艰难地写出这几个字。就在他费力写的时候，另一个年轻警察溜达了过来。"这里似乎出了什么问题？"他问。我把故事重复了一遍。他让我拨打语音信箱给他播放那条信息，然后他抬起头，带着戏剧性的义愤说："现在怎么还有人说这样的话？"

我回到家,把"骚扰电话"的调查报告藏在文件柜抽屉的最里面,并希望此事到此为止。

几天后,我在工作时处理信件,发现其中有一封学生的手写信。他在信中说,很抱歉打扰我,但他想让我知道,有一个陌生男子正在校园里找我。他说这个人在食堂、图书馆、安全门前拦住人,问他们是否认识我,并喋喋不休地谈论我姨妈的谋杀案,说他需要给我传达一条重要的信息。系主任得知这一情况后,匆忙把我带到她的办公室。我在那里逗留了四个小时,门窗紧闭,等待警察的到来——这种经历正迅速成为美国教育场所的常态,而不再是对校园生活的偶然侵扰。在学校保安与给我写信的学生以及其他许多在校园里和该男子交谈过的人面谈后,我得到了以下描述:"一个五十岁出头、身材魁梧的秃头白人男子,带着一个公文包。"

在他来访后的四十八小时内,就像电影里应对某种突如其来的紧张压力那样,我又开始抽烟了——在把自己的身体当作产前圣殿的两年多里,我的恶习缩减为每天早上一杯绿茶。现在,我坐在我们新房子的后院里,那儿只有一方带刺的杂草,在知道这次冒险怀孕要花多少钱之前,我们自觉没办法打理它。在暗处,我大口吸着会让卵子皱缩的尼古丁,身边放着一罐胡椒喷雾。我生命中的其他时刻可能看起来更糟糕,但这一次的感觉可怕到无以复加:我从未在同一时刻感到如此恐惧和虚无。我为孩子和生活哭泣,我感觉它们永远不属于我们,无论我是多么渴望得到它们;我也为这暴力哭泣,跟踪者的出现似乎证明了它的无可避免。

在随后的几天和几周里,我鼓起勇气给我们的精子捐赠者打电话,告诉他我们会略过这个月。然后,我开始努力把自己重新拉回到产前安排中。我试着重新思考那些能令我感到快乐的事情,包括将在令我感到快乐的母校纽约市立大学发表一场令我感到快乐的关于塞吉维克的演讲。但偏执思维的咒语（"绝不能让意外发生"和"你怎么偏执都不为过"）已经深深扎根在我心里。我不能等着某个疯子来"给我传话"，我需要以某种方式抢先一步。

这情况很难解释，但我有很多朋友都是私家侦探。其中一人给了我一个当地私家侦探的号码，这个人叫安迪·兰普雷。一个"整体安全方案供应商"的网站对其有如下描述："作为在洛杉矶警察局工作超过二十九年的警探，兰普雷调查了无数起包括凶杀在内的罪案，还曾担任特警组的高级主管。他是一名具有出庭资格的麻醉品和风纪监察专家，并在全美范围内进行过多次风险和弱点评估、威胁和处理能力评估，以及诈骗调查。"

你不可能想到，自己竟然有一天也会觉得需要求助于安迪·兰普雷这样的人。

兰普雷最终联系了我，和他一起的还有一个叫马尔科姆的人，以前也是洛杉矶警局的警察。如果我们需要，他将全副武装地坐在我们家门口一辆没有标志的车里,整夜保护我们。我们需要。兰普雷说,他可以为我们争取到每晚五百美元的优惠价格(洛杉矶的"掩护"——就我所知是这么叫的——费用高得令人难以置信)。我给母亲打电话征求意见,同时也提醒她注意这个逍遥法外的疯子,以防他跑到她那边去。她执意要给马尔科姆寄支票,先支付一两晚的费用。我很感激,但也很内疚:坚持要写简的谋杀案的人是我,虽然在理智上我明白自己无须为这个人的行为负任何责任,就像简无须对她遭遇的谋杀负责一样(那位来电者也是这个意思),但我体内那个不太开明的自我因为这刚刚才到来的报应感到恶心。我召唤了那个可怕的东西,而现在他就在这里,手里拿着公文包。没过多久,我对他的印象就与贾里德·李·劳纳的形象融为一体。恰好两周前,在亚利桑那州图森市一家超市的停车场里,劳纳走到议员加比·吉福兹身边,开枪射击了她和其他十八人。警察在他家中发现了吉福兹的一封通函,上面写着"去死吧,贱人"。劳纳以坚称女性不应该担任任何领导职位而闻名。

对我来说,这些人是否疯了并不重要。他们的声音仍然很清晰。

《爱国者法案》[1]通过之后,你在小布什的第二任期内制作了一系列小型手持武器。规则是每件武器必须在几分钟内由家用物品组装完成。你曾经遭遇过同性恋霸凌,在排队买墨西哥卷饼的时候被打出了两个黑眼圈(当然,你追着他跑了很远)。你现在想到,如果政府要对付自己的公民,我们应该做好准备,即使我们的武器有些寒碜。你的手工武器包括一把固定在一个奶油色拉瓶上并装有斧头柄的牛排刀、一只竖着钉子的脏袜子和一根

---

1 2001年10月26日由美国时任总统小布什签署颁布的国会法案。这项法案延伸了恐怖主义的定义,使之包括国内恐怖主义,也扩大了警察机关可管理的活动范围。由于涉及美国公民隐私,该法案备受争议。2015年5月30日,美国参议院没有就延长该法案的部分内容达成一致意见,故部分条款于6月1日起失效。

一端粘着一大坨聚氨酯树脂,上面嵌着许多生锈螺栓的木桩,等等。

我们恋爱期间的一天夜里,我回到家后发现那根嵌着螺栓的木桩放在门廊的垫子上。你已经出了城,你的离开让我困惑不已。但当我走上台阶,看到那件武器在暮色中影影绰绰时,我知道你爱我。它是一个保护着我的护身符——是我在你离开时保证自己安全的手段,一件击退追求者(如果有的话)的工具。从那时起,我一直把它放在床边。不是因为我认为他们会来找我们麻烦,而是因为它能让人感到残酷的温柔,我后来知道这是你的一大天赋。

父亲去世的那一年,我在学校读到一个故事,讲的是一个小男孩在瓶底造船。这个小男孩奉行的格言是,如果你能想象到可能发生的最糟糕的事情,那么当它发生时,你就不会感到惊讶了。我当时不知道这句格言正是弗洛伊德对焦虑的定义("'焦虑'描述了一种预料危险或准备应对危险的特殊状态，尽管这种危险可能是未知的"），开始努力培养这种习惯。我早就是一个狂热的"日记爱好者"，我开始在学校的笔记本上记述恐怖的事情。我的第一部连载作品是一部名为《绑架》的中篇小说，讲述了我最好的朋友珍妮和我被一对疯狂的夫妻绑架并折磨的故事。我为自己护身符般的作品感到自豪，甚至为其画了一个华丽的封面。现在，我和珍妮绝不会在没有预见的情况下被绑架和折磨了！因此，当母亲带我出去吃午饭准备"谈一谈这件事"时，我感到困惑和伤心。她告诉我，她对我写的东西感到不安，我六年级的老师也是如此。一瞬间，我明白了无论是作为文学还是预防措施，我的故事都不值得骄傲。

当伊基第一次从医院回家时，在那个令人欣喜若狂又混乱不堪的几乎无眠的一周里，我强烈的幸福感有时会在夜深人静的时候被一幅画面刺破：他新生的宝贵头颅上插着半截剪刀。也许是我把它插在那里的，也许是他滑倒后刺进去的。不管是什么原因，这个画面似乎是我能想象到的最糟糕的事情。在经历了许多小时——有时是许多夜晚——的不眠不休之后，这一画面会在我试图入睡的时候降临。因为我们经常在半夜醒来，于是给客厅的灯装了一个红色的灯泡，让它一直亮着，所以在一段时间里阳光和红色灯光交替着，没有真正的夜晚。有一次，当我在红光中徘徊时，我告诉哈里我担心自己正在经历产后精神崩溃，因为我对孩子有可怕的想法。我不能告诉他那半把剪刀的事。

我现在记不清小男孩在瓶子里造船（"阿尔戈号"？）与他的偏执性焦虑之间有什么联系，但我确定这种联系一定存在。我也找不到原来的故事了。真希望我能找到它，因为我很确定它的寓意不是说所有的好事都来自反复想象可能发生的最坏的事情。很可能是一个满脸皱纹的聪明老爷爷突然出现在故事里，带着小男孩去看山坡上飞过的野鸟，打消了他孙子可怕的念头。但现在，我觉得自己把生活和这个故事融合起来了。

那个满脸皱纹的聪明老爷爷还没有突然降临到我的生活中。不过，我有我的母亲，对预防性焦虑的信念是她生命的源泉。我告诉她，如果她能把对我刚出生的宝宝的焦虑留给自己，而不是发电子邮件告诉我她因为害怕宝宝（以及她爱的其他人）遭遇不幸而失眠，那我会好过不少。她怒气冲冲地打断我："它们不全是非理性的焦虑，你知道的。"

我母亲认为，人们并不真的知道他们在这一生中会遇到什么，会有什么风险。如果任何曾经发生过的意外或不幸都可能再次发生，那怎么会有非理性的危险这回事？去年2月，佛罗里达州坦帕附近的一个男人在睡觉时，卧室下方出现了一个落水洞。他的尸体永远不会被发现。当伊基六个月大时，他被一种可能致命的神经毒素侵袭。每年在美国出生的四百多万婴儿中，大约有一百五十名会受到这种毒素的影响。

最近，我母亲参观了柬埔寨的"杀戮场"。回来后，她坐在我们的客厅里给我看她的旅行照片，而伊基则在毛茸茸的白地毯上爬来爬去，这是他的"肚肚时间"。"我本来不想告诉你这件事，因为宝宝，"她朝伊基的方向点了点头，"但那里有一棵树，一棵橡树，叫'杀戮之树'。红色高棉的人会对着它猛击婴儿的头，杀死他们。成千上万的婴儿死在了那里。""我明白要点了。"我说道。"我很抱歉，"她说，"我真的不应该告诉你这些。"

几周后，在电话中再次谈到她的旅行时，她说："现在，有一件事我真的不应该提，因为宝宝，但他们那儿有一棵树，在'杀戮场'，叫'杀戮之树'……"

我如今太了解我母亲了，所以我能明白，在她的"杀婴树"图雷特氏综合征[1]中，她希

---

1 一种严重的神经紊乱症，特征为面部和身体其他部位的经常性抽搐，并常伴有咕噜声和强迫性话语，如感叹词和污秽语言。

望在我身上置入一个外部的参数：婴儿在这个星球上可能会遭遇什么可怕的事。我不知道为什么她需要确信我心中有这个参数，但我已经接受了她觉得有必要这样做。她需要我知道的是，她已经挡在了"杀戮之树"前面。

那人闯入我工作后的那一周里，学校保安会在我上课时派一个人站在教室的门外，以防他回来。有一天，我在讲爱丽丝·诺特利充满牢骚的史诗《不服从》。一个学生抱怨说："诺特利说她想要一种自由和美丽的日常，但她迷恋着所有她最讨厌和最害怕的事情，然后以四百页的篇幅让她自己和我们沉浸其中。这是何必呢？"

从经验上讲，我们都由天体材料构成。为什么我们不更多地讨论这个问题？物质永远不会离开这个世界。它们只是不断地循环，重新组合。这就是我们第一次见面时你一直在告诉我的——在真实的、物质的意义上，什么东西是由来自哪里的材料构成的。我不知道你在说什么，但我可以看到你对它的热情。我想接近这种热情。我现在仍然不明白，但至少我在思考。

诺特利知道这一切，这就是让她痛苦的东西。这就是为什么她是一个神秘主义者，为什么她把自己锁进黑暗的柜子，为什么她不惜筋疲力尽地去获得幻象。如果无意识是一条下水道，她又有什么办法呢？至少我的那位学生在无意中把我们带入了一个关键的悖论中，这有助于解释许多艺术家的工作：有时，是那些最有偏执倾向的人才能够、才需要发展和传播最丰富的修复性实践。[1]

在安妮·斯普林克尔[2]的表演作品《100次口交》中，做过多年性工作者的斯普林克尔跪在地上，对着面前钉在一块木板上的几

---

[1] 引自塞吉维克。
[2] 安妮·斯普林克尔（Annie Sprinkle, 1954— ），美国性学家，表演艺术家。

根假阳具口交，同时，预先录制的男性声音对她喊着各种侮辱性的话语。（斯普林克尔说过，在她作为特殊行业工作者服务过的大约三千五百名顾客中，大概有一百名坏顾客。这部作品的音轨便来自这些坏家伙。）她不时噎住和呕吐。但是，有人可能在想，"这正是性工作在我想象中的样子——挥之不去、厌恨女性、会造成精神创伤"。然而，斯普林克尔站起身，振作起来，给自己颁发了阿佛洛狄忒奖，表彰她为社区提供的特殊服务，然后进行了一种净化性的自慰仪式。

斯普林克尔是我心中的一位多重性别化母亲。这些多重性别化母亲说："你有敌人并不意味着你必须偏执。"不管有多少证据反对她们，她们依然坚持认为："没有什么你向我扔来的东西是我无法代谢的，没有什么东西不能被我的炼金术改变。"

意识到我可以把跟踪者纳入关于塞吉维克的演讲中，这一点最终鼓动我回去工作。

是的，回去工作。这甚至成了一种安慰的来源，仿佛把这样一段插曲带入塞吉维克的轨道会中和它的负面力量。

不是每个人都相信这种方法的神奇力量。例如，当我告诉母亲，我想把跟踪者纳入公开演讲的内容时，她说："噢，亲爱的，你确定这是个好主意吗？"这句话的意思就是，她根本不认为这是一个好主意。谁能怪她呢？她花了四十多年的时间来抵御那些拿着公文包的疯子的阴魂，这些疯子告诉女性，在被他们出手弄死前，她们活该死于非命。为什么要给他们不配得到的关注？

我的大部分写作通常让我觉得很糟糕，这使我很难知道哪些想法是因为有价值才让我感觉糟糕，而哪些想法又是因为没有价值才让我感觉糟糕。我经常看到自己倾向于坏点子，就像恐怖电影中活到最后的女孩，尽管她坐在棚屋里沾满牛奶的桌子旁。但在某一时刻，从我的阿尔戈英雄——他们的灵魂是在比我的灵魂炽热无数倍的火焰中锻造出来的——那里,我获得了一种对表达本身作为一种独特的保护形式的巨大信心。

我不打算在这里写任何关于伊基与毒素的事,这对我来说既不珍贵也不丰富。我只想说,仍有一段时光,或者说仍有一部分的我,在晨光中打开医院高架婴儿床的一侧,爬到他身边。不想挪动,不想放手,甚至不想继续活下去,直到他抬起头,直到在他身上出现表明他能活下去的迹象。

兰普雷在我们第一次谈话时告诉我,跟踪者令人扫兴的地方在于,可能发生的最好的事情就是无事发生。他说:"你并不真的希望有任何形式的接触,那会带来一场诉讼或一通报警电话。你只是希望能继续过太平日子。"

在马尔科姆看守的第三天晚上,我开始产生错觉,以为他可以永远坐在我们的房子外面,以防任何事情发生。但钱早就用完了,生意也没有继续下去的道理。我们只能靠自己了。

子宫颈的任务是保持关闭,形成一堵不可逾越的墙来保护胎儿,持续时间大约为怀孕期的四十周。此后,通过分娩,这堵墙必须以某种方式变成一个开口。这一过程是通过扩张发生的,不是一下子破裂,而是变得极薄。(啊,如此纤薄!)

这种感觉有其本体论价值,但真的不是一种让人愉快的感觉。站在外面说"你只需放松,让孩子出来就行"很轻巧。但是要让孩子出来,你必须愿意粉身碎骨。

已经三十九周了。我在西方学院的校园里走了很久。天气太热了,洛杉矶的天气总是如此,这里的太阳毫无仁慈可言。我沮丧地回到家时,肚子里的孩子让我身体紧绷,心中焦急万分。哈里有朋友来了,他们正在为电影拍摄做准备,都穿着脏兮兮的白色衣帽，帽子上有对细细的白色陶瓷尖角。哈里莫名其妙地坚称，这帽子让他们看起来像虱子。"别让虱子跟我说话。"我说道，拉下帘子。我情绪暴躁，感到有点悲伤，全身胀得鼓鼓的。腰酸背痛。

就在前一天，我在河边散步，沐浴在清新的绿意中。我一直在邀请宝宝出来。"是时候闹点动静了，伊基。"我知道他听到了我的话。

疼痛开始了。虱子回家了。我们无来由地决定重新整理书架。我们几周前就想这么做了，而哈里突然发狂似的想把这件事做好，把一切安置妥当。我坐在地板上休息，周围都是书，我先把它们分门别类排成堆，然后再按国家排列。更多的疼痛。所有这些美丽的书页。

哈里打电话给杰茜卡，说："快过来。"我试图入睡，但夜色像黑暗的洞穴一样将我包裹起来。屋子里亮起新的昏暗灯光，响起新的声响。鸟儿在午夜鸣叫,而我在浴缸里分娩。杰茜卡问这些鸟是不是真的。它们是真的。她用胶带和塑料袋改装了我们的浴缸,这样它就能装下更多的水。她点子真多。我一直在阴郁地想,为什么她会在我分娩的时候发短信。后来我知道她的苹果手机上有一个应用程序,可以为宫缩计时。在失去了时间的那段时间里,夜晚很快就过去了。

早上,哈里和杰茜卡劝说我在灰蒙蒙的天气里轻快地走上一个小时。这很难。杰茜卡一直在跟我说:"如果你不动,宫缩就不会停止。"好吧,但她怎么知道。我们步行到约克大道和菲格罗亚街交叉口的药店买蓖麻油,但是等我们到了那里,却发现没人带钱包。我在昏暗的灯光下眯起眼睛。我走啊走,几乎要晕过去了。回到家里拿钱包,又返回店里,然后我们在停车场踱步,那里肮脏不堪,满是垃圾。我想去一个漂亮些的地方,还有,那里的一切都整齐有序。

在家里，我把蓖麻油混在巧克力冰激凌里吃。我希望里面的东西能出来。

你母亲拿到诊断时，我们已经在一起生活了一年多。她因背痛去看医生，但医生告诉她，她的乳腺癌已经扩散到脊柱，一个肿瘤可能会损伤她的脊椎骨。癌细胞在几个月内将到达她的肝脏，一年内会扩散到她的大脑。当她因放疗而卧床不起又无人照料时，我们把她从密歇根接了过来。我们让她睡我们的床，自己则睡在客厅地板上。我们就这样生活了几个月，所有人都在恐惧和麻痹中注视着那属于我们的山。我们每个人的痛苦都不一样，但都很严重：你想给予她曾经给予你的照料，但明白这样做的后果是破坏我们的新家庭；她重病在身，身无分文，担惊受怕，完全不愿意也没有能力讨论她的状况和选择。最终，我这个"恶人"把话说明白了，我不能这样生活下去。她选择回到她在底特律郊区的公寓，独自衰亡，而不是在我们附近的医疗补助医院接受不合格的护理——她所有的资产都会被清算,邻床的帆布窗帘后面传来电视的声音,护士们低声说着让个人接受基督的拯救,你知道医疗补助医院就是这样的。谁能怪她呢?她想留在家里,和她心爱的巴黎主题小摆设——她所有的"我爱巴黎"饰板和微型埃菲尔铁塔——挤在一起。她所有的密码和电子邮件地址都是"巴黎"(Paris)——一个她再也看不到的城市——的拼写变体。

随着她的时间越来越少,你哥哥收留了她。他的家庭状况很紧张,但至少她在那里有一张床,有自己的房间。这已经够好了。

但实际上,这一切都还不够好,尽管这已经比大多数人所能得到的要好了。当她开始失去知觉时,你哥哥把她转到当地的临终安养院。你在夜深人静时飞去那里,不顾一切地想要及时赶到,这样她就不会孤独地死去。

现在我受够了这两个体会不到我疼痛的蠢货。我说我想去医院，因为那里有医生给我接生。杰茜卡故意拖延，她知道现在还不是时候。我开始感到绝望了。我想换个环境。我不确定能不能这么做。我们已经熬了好几个小时，我或是坐在铺着电热垫的红色沙发上，或是跪在铺着毛巾的浴缸里，或是躺在床上握着哈里或杰茜卡的手。我必须想出一些办法，让他们相信是时候去医院了。"宝宝的位置已经很低了，我要在医院生出来，那是我想去的地方。"我吼道。最后他们总算说了"好的"。

在车上，我疼得好像坐上了无舵雪橇。我睁不开眼睛。只能深陷其中。外面车水马龙，我眯起眼睛看到哈里在尽力而为。每一次碰撞和转弯都是一场噩梦。疼痛的洞穴有一条定律，这条定律就是黑色的战栗。我开始计数，发现每一次疼痛都会持续约二十秒。我想，任何一种疼痛自己肯定都可以忍上二十秒，十九秒，十三秒，六秒。我已经不再出声了。

真可怕。

很难停车，周围没有人，尽管我们每次去妇产科病房都有很多推着轮椅的医护人员。我只能步行。我尽可能缓慢地走，走到大厅时疼得弯起了腰。杰茜卡和一些她认识的人打招呼。我周围的一切都很正常，而我的内心却陷入了疼痛的洞穴。

我们登记住进了妇产科病房。护士人很好。脸上有雀斑，身材魁梧，看起来像爱尔兰裔。她说开口有五厘米。大家都很高兴，我也很高兴。杰茜卡告诉我，困难的部分已经过去了，她说要达到五厘米才是最困难的。我很紧张，但也松了一口气。杰茜卡要求入住七号房。真幸运，医院里冷清、安静又空旷。

七号房很可爱，光线昏暗。我们可以从窗口看到梅西百货。惠特尼·休斯顿刚刚被发现死在大约十个街区外的比弗利希尔顿酒店。护士们来来往往，都在低声谈论此事。是毒品吗？身处洞穴的我问道。可能吧，他们回答。我们的产房里有一个浴缸、一个秤和一个婴儿暖箱。也许将会有一个婴儿降生。

疼痛的雪橇还在继续前进，计数，献身，安静，惊慌。我对盥洗室有恐惧症。杰茜卡一直想让我去小便，但坐下或蹲下简直难以想象。她一直在跟我说，我没法通过一动不动来阻止宫缩，但我认为可以。我侧躺着，捏着哈里或杰茜卡的手。我不是故意用与哈里跳慢舞的姿势小便的，而在我的浴缸里已经可以看到有几缕暗红色的黏液在漂浮。令人难以置信的是，哈里和杰茜卡还点了食物吃。有人喂我吃了一根红色的冰棒，真美味。我没过一会儿就吐了出来，弄脏了浴缸里的水。当宫缩最剧烈的时候，我呕吐起来，一次又一次，吐出了大量的黄色胆汁。

浴缸上有一个喷水按钮，我们总是不小心碰到，太可怕了。杰茜卡把水倒在我身上，让我感觉好了些。

他们又测了一次：七厘米。很好。

几个小时后，他们再次测量。还是七厘米。

这就不太妙了。

我们聊了聊。他们告诉我宫缩正在减慢,不再那么剧烈了。这可能要持续几个小时。他们说也许还要五个小时,或者更久才能达到十厘米。我不想这样。我已经分娩了二十四个小时,也许还要更久。我们谈到了使用催产素。助产士说,那样的话我必须准备好承受比现在更不适的状况。我吓坏了。疼痛竟然还会加剧。

但我希望能有一些改变。我想使用催产素。我们用了。中心静脉导管总是会弯曲,一个红色的小警报器每次都会响起,我很沮丧,护士只能一次次重新植入导管。二十分钟过去了。然后又过了二十分钟。他们增加了一次剂量,然后又加了一次。我陷入了新的洞穴。我变得非常安静和专注。数着,数着。杰茜卡说气要沉到下腹,我知道宝宝就在那里。

每个志愿者都告诉我,我的任务是让我

妈妈知道她可以走了。我觉得，在我和她相处的最初三十三个小时里，我的表现没有那么令人信服。

然而，在最后一天晚上，我把一个枕头放在她的膝盖下，我告诉她我要去散步。我要去闻金银花，去看萤火虫，任午夜的露水打湿我的鞋子。我告诉她，我做这些是因为我要以这种方式留在世上。"你的任务完成了，妈妈。"我告诉她，她用她的爱和经验让我们健康地长大成人。我告诉她，是她的激励让我成为一名艺术家。我告诉她，我非常爱她，我们都知道她也爱我们，她被爱包围着，被光包围着。然后，我就去散步了。散步后，我告诉她我要去睡了，她也该去睡了。我说得很坚定。我告诉她不要害怕，放松一点，如果她要走也没关系。我告诉她，我知道她很累，而且所有关于天堂的描述（按照短暂到访过那里的人的说法）都说它意味着纯然的喜悦。我让她别害怕。我感谢了她，我说："谢谢你，妈妈。"我落泪了，但努力不让她发现。

我打开浴室的灯，关上了门，这样一束又长又宽的矩形灯光就能照亮她全身。我隔着毯子摸了摸她的脚，然后是她的大腿，她的躯干和喉咙以下的裸露胸膛，她的肩膀、脸和耳朵。我吻遍她那美丽的光头，然后说："晚安，妈妈，你去睡吧。"然后，我躺在我的折椅上，用我的外套盖住上身，无声地哭泣着直到入睡。她呼吸的声响，深沉，急促，确定。[1]

现在，天已经很黑了。哈里和杰茜卡已经睡着了。只有我和宝宝在一起。我全神贯注，想让他出来。我还无法想象这个场景。但疼痛一直在加剧。

在底部，你根本没法确定哪里是底部，只能估计。我听很多女人描述过这种估计（也可能被称为开口九厘米），在这个时候，你开始进行艰难的讨价还价，就好像为了拯救你们相连的生命而争取达成协议。"我不知道我

---

[1] 叙述哈里母亲之死的楷体字部分均引自哈里·道奇。

们将如何摆脱困境，宝贝，但事实上你必须出来，我必须让你出来，我们必须一起完成这件事，而且我们必须现在就做。"

他们告诉我，宝宝的朝向很奇怪，我必须向左侧躺，抬高右腿。我不愿意。他们告诉我要这样做二十分钟。我看到好几双手在托着我的腿。很疼。二十分钟后,宝宝转身了。

他们再次测量。完全消失，完全扩张开了。助产士欣喜若狂。她说,我们准备开始了。我想知道接下来会发生什么。他们说，等着就好。

在某一时刻，我醒了。我仔细听着，寻找她的呼吸，过了一会儿，我才听到。浅了很多，更加急促。我警惕了起来，空调开始运转，她的呼吸声完全被盖住了。这种情况之前发生过无数次，在我看来就像是一种奇怪的介于生死之间的状态。风扇声音减弱之后，还会有呼吸的声音吗？我集中精力在风扇的转动声中搜寻着她的呼吸声，但还是听不到。我立刻坐起来检查她的胸部是否在动。似乎没有。空调仍在咆哮。她的左手突然抬了一下,顶起了被子,像是微小的、转瞬即逝的万圣节鬼魂。这是她的第一个动作——一个信号。我立刻跳到她身边,扑向那只手。她的眼睛现在睁开了,被照亮了,向上看着,她的嘴紧闭着,她的脸不再歪着了,四肢叉开。她很美。而且快死了。她的嘴在缓慢地为她的肺收集一点点尘世的空气,或者我猜这只是一种单纯的重复。她的双眼在光线中睁开了。她扬着下巴,用最甜美、最庄重的姿态小小地卖弄着风情。她在通向所有世界的门口,我也在那里。我强迫自己不去打扰她,她似乎一下子就明白了她要去哪里,要如何到达那里。她的地图。她的任务。眼前的目标。我用手捧住她仍然温暖的手,等着她离去。我再一次告诉她,你被爱包围着,你被光包围着,不要害怕。她的颈部似乎跳动了一下?她的眼睛在看着别处的什么东西。她的嘴不再需要那么多空气了,呼吸的频率也降了下来，她下巴的动作更慢了。我从来不想这么结束。我从未像那时一样希望无限在一瞬间展开。接着，她的眼睛放松下来，她的肩膀也同时放松了。我知道她找到了自己的路。她敢于冒险，调动自己的智慧和勇气，开辟出了一条路。我十分惊讶，为她骄傲。我看了看表，时间是凌晨2点16分。

他们认为我的膀胱太满了，这会碍事。我没办法再以慢舞的姿势站起来小便了。他们给我插了一根导尿管。刺痛。然后，医生进来了，说他想刺破羊水，说已经非常满了。好吧，但怎么做呢？他挥舞着一根看上去像是竹制痒痒挠的玩意儿。好的。刺破了。这感觉太好了。我正躺在一片温暖的海洋里。

突然间，有了推挤的冲动。每个人都很兴奋。他们说，推。他们教我怎么做。用力，用力，使劲地往下压，不推到底别松劲。助产士把她的手伸进来，看我是否需要帮助。

她说我推得很好，不需要任何帮助。我很高兴她这么评价我。我跃跃欲试。

大约第四次宫缩时，他开始要出来了。我不确定是不是他在动，但我能感觉到变化。我用力推。一种推力变成了另一种推力，我在外面感觉到了。

骚动。我快晕过去了，但心里很高兴，一些事情正在发生。医生冲了进来，我看到他迅速穿戴好他的装备：一个面罩，一条围裙。他似乎很焦虑，但没人在意。新的灯光亮了起来，黄色的、定向的灯光。我周围的人正在快速地走来走去。我的孩子就要出生了。

每个人都在紧张地看着下面，处于一种快乐的恐慌之中。有人问我是否想摸摸孩子的头，我不想，我也不知道为什么。一分钟后，我摸到了。他来了。脑袋摸起来感觉不小，我觉得已经够大了。

然后，他们突然告诉我停止推挤。我不知道为什么。哈里告诉我，医生正在一圈圈地舒展着包围婴儿头部的会阴，试图防止皮肤撕裂。他们说，坚持住，不要推，要"大口喘气"。喘气喘气喘气。

接着，他们说我可以推了。我用力推。我感觉他出来了，他的整个身体一下子全都出来了。我还感觉到在整个怀孕和分娩过程中一直折磨着我的那该死的东西也出来了。我的第一感觉是，我可以跑上一千公里，感觉棒极了，完全的、彻底的解脱，仿佛以前的一切错误现在都被纠正了。

这时，突然，伊基出现了。他被抱到我身边。他很完美，状况良好。我注意到他长着跟我一样的嘴，不可思议。他是我温柔的朋友。他在我身上，尖叫着。

再推一次，他们过了一会儿对我说。你一定是在开玩笑——不是已经完事了吗？但这一次很容易，因为胎盘没有骨头。我一直以为胎盘长得像一块大约四百克重的半熟牛排。恰恰相反，它的样子恶心极了，而且很巨大——一个填满了紫黑色器官的黄色血囊，一袋鲸鱼的心脏。哈里伸手揭开胎盘的外层，拍摄它的内部，对这个最神秘和最血腥的住所发出惊叹。

当他的第一个儿子出生时，哈里哭了。现在，他紧紧抱着伊基，对着他的小脸甜甜地笑着。我看了看时钟，现在是凌晨3点45分。

我又和她的遗体待了五个小时，独自一人，开着灯。她美丽得简直不可思议。她看起来像是十九岁。我给她拍了大概一百张照片。我和她一起坐了很久很久，握着她的手。我做了一顿饭，在另一个房间吃完，然后又回来。我一直同她说话。我感觉自己已经和她沉默、安详的遗体一同生活了一百年，过了一辈子。我关掉了空调。她头顶上的吊扇搅动着空气，维持着空气的循环，那里曾有她呼出的气体。我可以在那里再待上一百年——吻她，与她闲谈。对我来说，这样也挺好的。这样很重要。

"千万不要自然分娩。"在孩子出生前,很多人这样劝我,"自然分娩会毁了你。"

这听上去不错——我喜欢涉及屈服的身体体验。然而,我并不了解那些要求他人屈服的体验——像卡车一样碾过你,没有安全词[1]能阻止它。我已经准备好尖叫,但分娩最终成了我人生中最安静的经历。

如果一切顺利,宝宝会活着出来,你也会活着。尽管如此,死亡在整个过程中始终如影随形。你会意识到,死亡还会毁了你,从不会失手,也毫无仁慈可言。即使你不相信这一点,死亡也会毁了你,而且会以其独有的方式毁了你。它从来没有放过任何人。"我想我只是在等死。"你母亲说这话时,一脸茫然和怀疑。我们最后一次见到她时,她躺在借来的床上,皮肤看起来那么薄。

人们说,女人会忘记分娩的疼痛,这是因为上帝赋予了她们某种失忆症,使人类得

---

[1] 安全词(safe word)是指在虐恋式性行为(BDSM)中,受虐方提醒施虐方停止施虐行为的词。

以不断繁衍。但这并不完全正确——毕竟，疼痛"使人难忘"是什么意思？你要么在痛苦中，要么不在痛苦中。而且，女人忘记的并不是痛苦，而是与死亡的接触。

正如婴儿可能会对其母亲说的那样，我们可能会对死亡说：我忘记了你，但你记得我。

我想知道，当我再次见到死亡时，我是否会认出它。

我们想给伊基取一个长一点的名字，但是伊格内修斯似乎太天主教了，而其他带"伊格"（Ign）的名字与那些不好的概念［无知（ignorant）、卑劣（ignoble）］是太过接近的同源词。后来有一天，我偶然发现了一个美洲原住民的名字"伊加肖"（Igasho），意思是"游荡的人"，所属部落不详。就是它了，我立刻想到。令我惊讶的是，你同意了。于是，伊基变成了伊加肖。

两个美国白人选择美洲原住民名字的场景让我有些不安。但我记得，我们第一次见面时,你告诉我你有切罗基族的血统。这一事实使我感到振奋。当我在医院向你提及此事时,我们正在填写伊基的出生证明,你看着我,就好像我疯了。"切罗基血统?"

几个小时后,一位哺乳顾问来拜访我们。她和我们谈了很久,告诉了我们有关她家庭的一切。她是亚利桑那州皮马部落的成员,嫁到了一个非裔美国人家庭,在洛杉矶的瓦茨抚养着她的六个孩子。她一个人给所有孩子哺乳。她的一个儿子叫鹰羽(Eagle Feather),简称鹰(Eagle)。她的母亲坚持要举行一个仪式,让鹰学会用他的部落语言说他的名字,因为"Eagle"是白人的语言。"我不知道自己为什么要告诉你们这么多有关我家庭的事。"她反复说。你可能完全被视为男性,但我想她有一种直觉,那就是身份在我们家是一个既宽松又敏感的话题,也许,在她家也是如此。在某个时刻,我们告诉她想给孩子取名为伊加肖。她一边听着,一边提示我如何给他喂奶。"让你的乳房成为向导,而不是时钟,"她说,"每当感到乳房胀满,砰!就把孩子拉到你的胸前。"她离开的时候转身说:"如果有人因为你们孩子的名字来找麻烦,就告诉他们,一名来自图森和瓦茨的纯血统部落成员送给过你们祝福。"

后来我了解到,皮马是西班牙人给奥萨马部落起的名字,来源于短语 pi 'añi mac 或 pi mac 的讹变,或者说对其的误解。这个短语的意思是"我不知道"——据说这是部落成员回应入侵的欧洲人时经常说的话。

你母亲去世几个月后,我们收到了她所有的文件。一天下午,我坐在储藏室外的一个板条箱上粗略地翻看这些文件,想着要把它们存放在哪里。在堆积如山的医疗账单和恐吓性的募捐声明中,有一组文件吸引了我的注意——上面有笑脸和装饰着花卉图案的标题、感叹号和仔细写下的手写签名。你的收养文件。

你出生时叫温迪·马隆。也许你只有几

分钟或者几小时叫温迪·马隆。我们不知道。在你出生之前,你的收养事宜就已经安排好了,你三周大的时候被送到了你的父母身边,你成了丽贝卡·普丽西拉·巴德。这就是你接下来二十多年的身份。贝姬。在大学里,你改名为"布奇"(Butch)[1],不过可笑的是,你并不真正了解它的含义。那曾是你父亲给你起的一个绰号。你知道这名字的含义后,通过自我介绍就可以知道谁是同性恋。"我是布奇。"你说话时甩动着你的金色长发。"不,你不是。"那些明白这名字含义的人会笑着回应。后来,你大学辍学并搬到旧金山后,在一次朱迪·芝加哥[2]式的重生中,你改名为哈丽雅特·道奇。在你有了孩子之后,你向国家申请正式改名:你在报纸上刊登了广告,向法院提交了文件。(在那之前,你一直与"国

---

[1] 见本书第 10 页注释 2。
[2] 朱迪·芝加哥(Judy Chicago,1939—),美国女性主义艺术运动早中期重要的参与者,也是产生重大影响的艺术家之一。

家事务"保持距离：三十六岁之前，你从没告诉过别人你的社会保障号码，你甚至连银行账户都没有。）随着时间的推移，你变成了哈丽雅特·"哈里"·道奇：一种让人感觉到"和"或"但"的尝试。现在，你就是哈里，而哈丽雅特是一个令人厌恶但有时又具有指示作用的附属物。

2008年，《纽约时报》刊登了一篇关于你的艺术作品的文章，编辑说你不能出现在他们的版面上，除非你选择"先生"或"女士"的称呼。你一生都在等待这种承认。现在它来了，但要付出这样的代价。（你选择了"女士"，"这是为团队做的选择"。）差不多在同一时间，如果你在次位双亲收养（second-parent adoption）表格上勾选"母亲"，你的前任就不会同意监护权协议，但根据法律，你又不能勾选"父亲"。（我当时批评你没有在你的第一个儿子出生时就收养他，这样就可以避免这种折磨人的次位双亲收养程序。令我惊讶的是，一想到伊基，我发现我现在也不愿意走这样的程序——我宁愿指望全美LGBT合法化的进展和相对进步的加利福尼亚州,也不愿支付一万美元的法律费用,让一位社工进入我们家与孩子面谈,以认定我们是否"合适"。)当我们去医院看望你母亲时,她有时会说她很高兴有女儿在那里陪她,然后护士们会环视房间,寻找那个女儿。现在,我们一起带伊基去看医生的时候,护士总是说,她很高兴看到有父亲帮忙照顾孩子。"我当然帮了很多忙。"你嘀咕道。另一方面,至少有一家餐厅我们不会再去了,因为那儿的服务员有一种类似图雷特氏综合征的嗜好,甚至每次在我们的桌子上放一瓶番茄酱,他都会对我们全家说"女士们"。"他认为我们都是女孩。"我的继子会困惑地低声和我们说。"没关系——女孩非常非常酷。"你会这样告诉他。"我知道。"他会这样回答。

在三十岁出头的时候,你去寻找你的生母。你没有太多的线索,但最终还是找到了她:

她是一个刚刚酒醒的皮衣恶客[1]——思维敏捷、能言善辩、外表粗野。她告诉你的第一件事是,她曾在内华达州当过性工作者。你主动给出了一些可能的理由,为她辩解,但她直接打断了你,说她喜欢这种工作。"如果你有机会,那还等什么?"在你们的第一次电话交谈中,你问起了你的生父。她叹了口气,说:"啊,亲爱的,我不太确定。"但当你和她在一家美式连锁餐厅共进午餐时,一看到你走近,她惊呼:"你是杰里!"她说,你看起来就像她的另一个孩子,那人的父亲就是杰里。她有一头霜白的头发,戴着金丝眼镜,涂口红,穿着宽臀亚麻裤。她告诉你,她的父亲(你的亲外祖父)刚刚去世,给她留下了一点钱,她用这些钱将她那时断时续的情人与一个圣何塞的工匠撮合在了一起。

她当时告诉你的有关杰里的唯一信息就是他"不是一个好人"。后来,她又说他有暴

---

[1] 原文为 leatherdyke,指有虐恋式性行为的女同性恋者。

力倾向。她说，自己不再和他联系了——她最后听到的消息是，他住在加拿大的一个岛上，在衬衫的腋下部位剪了几个洞，好让他的带状疱疹透气。几年后，她告诉你他已经去世了。你并不想知道更多的信息了。

你的亲兄弟由他的父亲抚养长大，长期以来一直是个瘾君子——进出监狱好几次了，经常在街头转悠。他曾在狱中给你写过一封信，竟然与你的写作风格很像——同样是横冲直撞式的行文，透着一种严谨、阴暗和欢快。你的生母告诉我们，她最后一次听到他的消息时，他被发现倒在一个停车场里不省人事，浑身是血。他一醒过来，就给她打了一通由她付费的电话，但她拒绝接听。她告诉我们这个故事时，双手一挥，说："我可没有钱！"但我们还听到她说："我已经搬不动他了。"

你在二十三岁时戒了酒。你早就知道了。

对自己的父母了解不多可能是一件很糟糕的事。但是，你告诉我，这也可能是好事。在还没有怎么考虑过性别问题的时候，你认为自己一生对流动性和游牧主义的兴趣来源于被收养的经历，你很珍视这一点。你觉得自己已经摆脱了有朝一日成为你父母的恐惧，你看到许多朋友的精神被这种恐惧支配着。你的父母不一定让人失望，你也不一定会遗传他们的缺点。他们可以只是两个尽其所能生活的普通人。从你很小的时候起，你的父母就从不隐瞒你被收养的事实，你记忆中存有一种蔓延着的、包容一切的、近乎神秘的归属感。任何人都可能是你的生母，这一事实让你感到惊讶，但惊讶中又带着点兴奋：你感到自己来自整个世界，一个全然多元的世界，而不是来自或代表某个他者。你的好奇心足以驱使你找到你的生母，但在你的母亲去世后，你发现自己无法回应生母的召唤。此刻，这么多年以后，你找到生母的欣喜逐渐被对你母亲的记忆和失去她的持续悲痛取代。你渴望再次见到她。菲莉丝。

说起来很容易——我会是那种恰当的有限或同性恋式的母亲。我会让我的孩子知道"我"和"非我"的界限在哪里,并承受随之而来的愤怒。我会在不失去自我的情况下尽己所能地去给予。我会让他知道,我是一个有自己的需求和欲望的人,而且随着时间的推移,他将会因为我阐明了这样的界限而尊重我,因为他在认识真实的我这一过程中感受到了真实。

但我在戏弄谁呢?这本书可能已经做错了。我听过很多人以怜悯的口吻谈论,一些孩子的父母在孩子小时候写了他们的事情。也许伊基诞生的故事不属于我一个人,因此也不应由我一个人来讲述。也许我与还是婴儿的他的短暂亲近使我对他的生命和身体产生了一种错误的占有感,这种感觉已经开始消退了。因为现在他比有史以来最重的婴儿还要重将近一公斤,而且当我看着他时,我不再发自内心地觉得他是从我身上长出来的。

成年子女的母亲看到自己工作完成的同时也看到它被抹去。[1] 如果这是真的,我可能不仅要承受愤怒,也要承受失败。一个人可以为自己的失败做好准备吗?我的母亲是如何经受住我带给她的失败的?我最想表达的是我非常爱她,可为什么我反而会使她感到挫败?

好的东西一直在被摧毁——温尼科特的一条重要定理。

我考虑过在伊基出生前给他写一封信,然而虽然我对子宫里的他说了很多,可当我要写下什么时却停滞不前。给他写信的感觉就像给他取名字一样:这当然是一种爱的行为,但也是一种不可撤销的分类或询唤。(也许这就是伊基被取名为伊基的原因:如果界域化是不可避免的,为什么做的时候不带点不

---

[1] 引自美国作家尤拉·比斯(Eula Biss)。

敬呢？"伊基：除非你打算为摇滚明星或班上的小丑取名，否则这不是一个好的选择。"一个婴儿取名网站如此提醒。）宝宝又不是和我分开了，所以给他写信，搞得就好像他要出海一样，有什么用呢？更不必提《终结者》的最后一幕了。琳达·汉密尔顿在电影里为她未出生的儿子——未来人类抵抗运动的领袖——录制了一盘录音带，然后她开着一辆破吉普车驶向了墨西哥，暴风云正在地平线上聚集。如果你想寻求与母子二分体之间的原初关系，你必须远离救世主幻想的诱惑（无论多么遗憾！）。如果你的宝宝以后会成为一个白人男性，那你必须好奇，要是你把他作为普通的人类动物来养育，并不比别的孩子特殊，这样会有什么结果。

这是一种戳破，但并不构成否定。它也是一种新的可能性。

当伊基体内出现了毒素，我们陪他躺在医院的婴儿床上时，伴随着恐惧和惊慌，我就已经知道了现在,在他幸运地恢复健康后,我所知道的事:和他在一起的时光是我生命中最快乐的时光。它带来的幸福比我所知的任何幸福都更明显、更确凿、更纯粹。因为它不仅仅是一些幸福的时刻,在当时的我看来是我们拥有的一切。它还是一种可以散播的幸福。

出于这个原因,我很想把它称为一种持久的幸福,但我知道当我离开的时候不会把它带走。至多,我希望能将其赋予伊基,让他觉得是他创造了这种幸福,从很多方面来说,也的确如此。

婴儿不会记得自己被大人抱得很舒服——他们只会记住自己被大人抱得不够舒服时的创伤性经历。[1] 有些人可能会从中解读出孩子典型的忘恩负义行为的原因——"我为你做了一切"等等。无论如何,在这一刻,没有给伊基留下任何记忆,除了那种很可能是无意识的感觉——曾被聚集在一起、令他

---

[1] 引自温尼科特。

感受到真实，这对我来说是一种巨大的解脱，是一种激励。

这就是我母亲为我做的事情。我几乎已经忘记了。

而现在，我想我可以说——

我想让你知道，你被认作一种可能性——从来都不是一种确定性，而一直都是一种可能性——不是在任何单一的时刻，而是在数月，甚至数年的尝试、等待、呼唤中——在这样一种时而自信，时而因困惑和变化而动摇，但总是努力地不断加深理解的爱中——两只人类动物，其中一个幸运地既非男性也非女性，另一个是女性（差不多吧），强烈地、坚决地、疯狂地希望你来到这个世界。

伊基治愈出院后，我们在客厅里办了一场舞会来庆祝，参与者只有我和三个爱尔兰小伙子，这样称呼是为了向他们每个人都有却没被指出的爱尔兰血统致敬。我们一遍又一遍地播放加奈儿·梦奈的《走钢丝》。(听了多年噪音金属乐之后,哈里现在也开始紧跟金曲榜动态,这样他就可以讨论凯蒂·佩里、"蠢朋克"乐队或洛德新单曲的精妙之处了。)伊基的大哥从腋下抱住伊基,疯狂地转圈,而我们则手忙脚乱地保护他胖乎乎的腿不会撞到窗户或茶几上。正如人们可能会想到的那样,对于相差七岁的兄弟来说,他们总是玩得太过粗野,惹得我不高兴。"但他喜欢这样!"每当我让他把厚厚的人造毛皮毯子从伊基的头上拿下来一会儿,好让我们可以确定伊基没有被闷死时,他就会如此回答。但通常,他是对的。伊基喜欢这样。伊基喜欢和他哥哥一起玩,他哥哥也喜欢和伊基一起玩,这是我曾经做梦都想不到的。他哥哥特别喜欢拖着伊基在学校的操场上走来走去,向大多数心不在焉的同龄人吹嘘他弟弟的头有多柔软。"谁想要摸摸如此柔软的脑袋?"他大喊着,好像在兜售商品一样。看着他们玩耍,我感到很紧张,但这也让我感到自己终于做了一件明确的好事。我终于为我的继子做了一件明确的好事。"他属于我，完全属于我。"他说着，把伊基抱起来，带着他跑去了另一个房间。

我的朋友说："不要生产，不要生育。"但实际上，不存在生育这回事，存在的只有生产行为。[1] 没有缺乏，只有欲望机器。飞翔的肛门，飞驰的阴道，不存在阉割。[2] 当所有的神话都被抛开时，我们可以看到，不管有没有孩子，进化论的笑话在于，它是一种没有意义的目的论，即我们，像所有的动物一样，是一个不会带来任何结果的计划。[3]

但是，真的有"无""虚无"这样的东西吗？我不知道。我只知道我们还在这里，谁也不知道能待多久，心中满溢着关爱，它那绵延的歌声。

1　转述自安德鲁·所罗门（Andrew Solomon）。
2　引自德勒兹和加塔利。
3　引自菲利普斯和贝尔萨尼。

致谢

本书的部分内容以不同的形式出现于以下作品 / 场合:"趋势"讨论(纽约市立大学研究生中心举行的纪念伊芙·科索夫斯基·塞吉维克的系列讲座,由蒂姆·特雷斯·彼得森组织);为 A. L. 斯坦纳 2012 年的装置作品《小狗和婴儿》出版的独立杂志(由 Otherwild 出版);杂志 *jubilat*、《罐头屋》(*Tin House*)和 *Flaunt*;选集《蒙田之后》(*After Montaigne*,佐治亚大学出版社,2015 年)。本书自始至终得都由创意资本基金会文学拨款资助,对此我一直心存感激。

一如既往地特别感谢 P. J. 马克,感谢他的敏锐智慧和对我的持续信任。我很幸运,也很感激。感谢伊桑·诺索夫斯基,感谢他深邃的编辑智慧和对我的支持,以及凯蒂·达布林斯基。我还要感谢以下人士给予的建议、帮助和/或灵感:本·勒纳、尤拉·比斯、塔拉·简·奥尼尔、韦恩·克斯滕鲍姆、史蒂文·马尔凯蒂、布莱恩·布兰奇菲尔德、达纳·沃德、吉米·詹姆斯·基德、玛卡瑞娜·戈麦斯-巴里斯、杰克·哈伯斯塔姆、珍妮特·萨班斯、塔拉·杰普森、安德烈亚·方特诺特、埃米·西尔曼、赛拉斯·霍华德、彼得·加多尔、A. L. 斯坦纳、格蕾琴·希尔布兰、苏珊娜·斯奈德、辛西娅·尼尔森、安德烈斯·冈萨雷斯、埃默森·惠特尼、安娜·莫斯霍斯瓦基斯、萨拉·曼古索、杰茜卡·克雷默、埃琳娜·沃格尔、斯泰茜·波斯顿、梅洛迪·穆迪、芭芭拉·尼尔森、埃米莉·尼尔森、克雷格·特雷西,以及科罗拉多州奥罗拉儿童医院的紫色团队。致我的爱尔兰小伙子们:感谢你们日常的存在、支持和爱。我很高兴遇到你们。

以爱之名纪念那些在这本书写作期间离世的人:菲莉丝·德尚(1938—2010)、伊芙·科索夫斯基·塞吉维克（1950—2009）、拉萨·德塞拉（1972—2010），以及马克西默姆·道奇（1993—2012）。怀念你们。

如果没有哈里·道奇，这本书就不会存在，他的智慧、精明、远见、坚韧以及被我书写的意愿，使本书以及其他许多事情成为可能。谢谢你向我展示了婚姻的可能性——一场无尽的对话，一种无限的生成。

图书在版编目（CIP）数据

阿尔戈 /（美）玛吉·尼尔森著；李同洲译 . -- 北京：北京联合出版公司 , 2023.5（2025.7 重印）
ISBN 978-7-5596-6766-3

Ⅰ.①阿… Ⅱ.①玛… ②李… Ⅲ.①回忆录－美国－现代 Ⅳ.① I712.55

中国国家版本馆 CIP 数据核字 (2023) 第 078271 号

北京市版权局著作权合同登记号 图字：01-2023-1795 号

阿尔戈

作　　者：[美] 玛吉·尼尔森
译　　者：李同洲
出 品 人：赵红仕
策划机构：明　室
策划编辑：陈希颖　赵　磊
特约编辑：赵　磊　李佳晟
责任编辑：孙志文
装帧设计：山川制本 workshop

北京联合出版公司出版
(北京市西城区德外大街 83 号楼 9 层　100088)
北京联合天畅文化传播公司发行
北京市十月印刷有限公司印刷　新华书店经销
字数 97 千字　787 毫米 ×1092 毫米　1/32　8 印张
2023 年 5 月第 1 版　2025 年 7 月第 4 次印刷
ISBN 978-7-5596-6766-3
定价：52.00 元

版权所有，侵权必究
未经许可，不得以任何方式复制或抄袭本书部分或全部内容
本书若有质量问题，请与本公司图书销售中心联系调换。
电话：(010) 64258472-800

THE ARGONAUTS
by Maggie Nelson
Copyright © 2015 by Maggie Nelson
Arranged with Bardon-Chinese Media Agency.
Simplified Chinese edition copyright
© 2023 by Shanghai Lucidabooks Co., Ltd.
All rights reserved including the rights of reproduction
in whole or in part in any form.